오셀로

오셀로

윌리엄 셰익스피어 지음 | 김민애 옮김

더클래식

| 차례 |

제1막

제1장

베니스의 어느 거리

(로더리고와 이아고 등장)

로더리고 쳇! 어찌 그런 소릴 하나? 참으로 불쾌하네.
여태까지 내 금고도 이아고 자네 것인 양
마음대로 주무르지 않았나?
그런데 어찌 그 일을 모른다고 하나?

이아고 이것 참, 말을 해도 믿질 않을 테니 그랬지요.
꿈에라도 그 일은 몰랐습니다.
이 상황에서 시치미라도 떼면 그게 어디 사람입니까?

로더리고 자네도 내심 그놈이 싫다고 하질 않았나?

이아고 아니라면 절 짐승 취급하십시오.
글쎄 그 도시에서 내로라하는 세 사람이
그에게 직접 찾아가 나를 부관 삼아 달라고

머리까지 조아렸고, 내 분명 그만한 자격도 되고,

그만한 자리에 앉을 만한데도

건방지고 제 고집만 부리는 그놈이

군사 작전이 어쩌네, 저쩌네 하면서

어물쩍 피하려고 허세만 부렸다지 뭡니까?

그러더니 결국은,

저를 추천하던 사람들 말에 고개를 설레설레 저으면서

"내 벌써 부관으로 삼을 사람을 확실히 정해놓았소."

라고 했다지요.

그 자가 뭐하는 자냐?

나 참, 잘난 이론가라지요.

피렌체에서 온 마이클 캐시오라는 자인데,

예쁜 계집 하나도 감당 못하고 질질 끌려 다니는 데다

전장에서 작은 분대라도 거느려 보길 했나,

딱히 제대로 아는 용병술이 있나,

딱 시집 못 간 계집과 다를 바 없는 놈이지요.

책으로 익힌 이론에만 빠삭할 뿐.

토가를 걸친 베니스 의원들이 논할 법한 얘기나 하겠지.

아는 게 딱 그 정도지요.

실행도 못하고 입만 나불거릴 게 뻔해요.

그깟 놈에게 덥석 자리를 내어주다니.

그놈과 달리 나는 로즈 섬에서도, 사이프러스에서도,

기독교인의 전투, 이교도의 전투 할 것 없이

수많은 전장에서

내 실력을 똑똑히 보여 줬는데도 말입니다.

나 같은 사람이 장부나 쓰는 그런 놈에게 밀려

출셋길이 막힌 채 잠자코 있어야 하다니.

그 약삭빠른 놈은 적시에 부관 자리를 꿰차고,

나는 무어인의 기수 노릇이나 하게 되었지 뭡니까,

염병할!

로더리고   나라면 분명 그놈의 목을 매달았을 걸세.

이아고   어쩌겠습니까, 뾰족한 수가 없으니.

군인에게 내려진 저주입지요.

차례대로 승진하는 예전의 방식을 따르지 않고

추천장이나 호감 따위로 직위를 끌어올려야 하니.

자, 이제 생각 좀 해 보십쇼.

이 와중에 제가 무어 자식을

좋게 생각할 리가 있겠습니까?

로더리고   아니, 나라면 그런 놈을 따르지 않겠네만.

이아고   아! 진정하십시오.

그를 따르는 건 단지 잇속을 차리기 위함입니다.

모든 이가 주군이 될 수 없듯

주군이라고 죄다 충직한 부하를 거느릴 순 없으니까요.

주군에게 충성을 다해 굽실대는 부하들이 있긴 있지요.

겸손한 노예처럼 구는 일이 좋고

고작 여물이나 먹으며 사는

당나귀처럼 인생을 보내는 놈들입니다.

결국은 늙어서 파직당하고 말지요.

저라면 그리 착해 빠진 자들은 실컷 패 주겠습니다.

하지만 속으로는 자신만 생각하면서도

겉으로는 제 소임을 다하며

행실을 가다듬는 부하들도 있지요.

주군을 섬기는 척하면서 잇속도 차리고,

부정하게 제 주머니도 채우고 자기를 치켜세우죠.

이런 사람이야말로 제정신인 겁니다.

바로 저 같은 사람이지요.

선생은 분명 로더리고란 사람이지요.

마찬가지로 제가 무어면 이아고는 절대 아닌 셈이지요.

그를 따르는 척하지만 사실은 제 자신만을 따르지요.

제가 정 많고 충성스러운 부하가 아니라는 사실은 하늘이

아시지요.

저는 그저 원하는 바를 이루기 위해 가식을 떨 뿐입니다.

속에 감춰진 진짜 본심을

고스란히 드러내면 얼마 못 가서

소매 끝에 달린 심장을

갈까마귀가 쪼아 먹는 꼴이 될 테니까요.

결국 나라는 사람은 진짜 내가 아닌 게지요.

로더리고 그 입술만 두툼한 무어 녀석이 이번 일을 잘 넘기려면 운
이 필요하겠지.

이아고 그 여자의 아비를 부르세요.

깨워서 그놈을 뒤쫓게 해서 무어 놈이 한참 재미 보고 있
을 때 초를 칩시다.

동네방네 떠들썩하게 소문도 내고 그 여자의 친척들도 열

받게 하자고요.

그놈이 한창 기분 좋게 일을 치를 때쯤 파리 떼가 들이닥

치게 하는 겁니다.

그놈의 시커먼 피부가 허옇게 질리도록 서서히 괴롭힙시다.

로더리고 여기가 그녀의 부친이 사는 저택이구만.

큰 소리로 불러보지.

이아고 야밤에 부주의로 사람이 가득 들어찬 도시에

불길이 번지고 있는 양 겁을 잔뜩 집어먹은 사람처럼

목이 터져라 고함쳐 보세요.

로더리고 여보시오! 브러밴쇼 님! 내 말 좀 들어보십쇼.

브러밴쇼 의원님!

이아고 일어나세요! 여기요! 브러밴쇼 님!

도둑이야, 도둑! 도적놈이다!

집안 곳곳 뒤져 보시고,

따님도, 금고도 확인해 보세요.

도둑이야, 도둑!

(위층 창가에 브러밴쇼 등장)

브러밴쇼 웬 야단법석이냐! 무슨 일이냐!

로더리고 의원님, 가솔들이 한 명도 빠짐없이 집에 계신지요?

이아고 문은 잘 잠겨 있습니까?

브러밴쇼 왜 그러느냐? 뭣 때문에 그런 걸 물어본단 말이냐?

이아고	아이쿠, 의원님, 도둑 맞으셨습니다.
	민망하니 얼른 옷부터 걸치시지요.
	속이 터지시겠습니다. 영혼의 반쪽을 잃었으니까요.
	지금 이 순간에도, 지금, 바로 이 시각에도,
	늙고 새카만 숫양이
	의원님이 기른 하얀 암양을 덮치고 있습지요.
	얼른, 징신 좀 자려 보십시오!
	종을 울려 다른 베니스인 모두를 깨우세요.
	그 발정난 놈이 의원님 외손자를 만들고 있단 말입니다.
	아 어서요!
브러밴쇼	뭐라! 네놈이 정신이 나간 게냐?
로더리고	존경하는 의원님, 제 목소리를 기억하시겠습니까?
브러밴쇼	자네가 누구라고 기억하겠나?
로더리고	로더리고입니다.
브러밴쇼	그렇다면 막 대해도 되는 놈이로구나.
	우리 집 대문에 얼씬도 말라지 않았더냐.
	네놈에게 딸을 내어 주지 않겠다고
	분명 단호하게 일렀을 터인데.
	그래서 이리 미쳐서 날뛰는 게냐?
	배불리 처먹고 술 한 잔 죽 들이키고
	악의만 잔뜩 품고 와선
	온 집안을 시끄럽게 해!
로더리고	의원님, 저기…….
브러밴쇼	어찌됐든 명심해라.

네놈에게 쓴 맛을 보여 줄 만큼

내 결단력도 있고 힘깨나 쓴다는 사실을.

로더리고 고정하십시오, 어지신 의원님.

브러밴쇼 도둑이라니 무슨 소리냐?

여기가 외딴 농가도 아니고 이 베니스 한복판에서.

로더리고 근엄하신 브러밴쇼 님,

저는 어떤 불순한 의도도 없이 의원님 댁을 찾았습니다.

이아고 나 참! 의원님께서는 악마가 빌면

하느님도 저버릴 분이십니다.

의원님을 도우러 온 저희들을 불한당 취급하시니

시키면 말이 의원님의 따님을

덮쳐 버릴지도 모르겠습니다요.

말처럼 오용지용 우는 후사를 보실지도,

날쌘 준마를 친척으로 두실지도,

스페인 조랑말과 혈연을 맺게 되실지도 모르겠네요.

브러밴쇼 감히 날 모독하는 쥐새끼만도 못한 네놈은 또 누구냐?

이아고 의원님, 저로 말할 것 같으면

무어 녀석이 꼭 짐승마냥

따님 등에 올라타려고 한다는 사실을

전하러 온 사람입지요.

브러밴쇼 이런 악랄한 놈을 보았나!

이아고 저런 의원님을 보았나!

브러밴쇼 로더리고, 자네는 나와 아는 사이이니,

자네에게 책임을 묻겠네.

로더리고　얼마든지 그리하십시오. 허나 청하건대,

의원님이 진정 원하시고 허락하신다면 그리하겠습니다.

물론 저는 거의 그렇다고 확신합니다.

어여쁜 따님께서는 이 야심한 밤 감시가 소홀한 틈을 타

변변치 못한 뱃사공의 그저 그런 안내를 받아

그 음탕한 무어 놈의 썩은 내 나는 품에

안겨 버린 것입니다.

이 일을 미리 아시고 동의까지 하셨다면

저희는 결코 용서받지 못할

끔찍한 실수를 저지른 것입니다만,

만약 처음 들으시는 얘기라면,

제가 지켜온 관습을 따져봤을 때,

저희는 의원님께 억울하게 욕을 먹은 셈이지요.

정중히 부탁드리건대,

제가 근본 없는 놈처럼

의원님께 장난이나 칠지도 모른다는 생각은

거두어 주십시오.

의원님께서 따님에게 그런 일을 허락하신 적이 없다면,

감히 아뢰옵건대, 따님께서는 의원님의 뜻을 온전히 거역

해 버린 것입니다.

따님은 자신의 의무와 미모, 지성과 운명을

헤프기 짝이 없고 정처 없이 떠도는 이방인에게

통째로 걸어 버린 셈입니다. 당장 눈으로 확인해 보십시오.

혹여 침소나 이 집 어딘가에서 따님을 찾으신다면

의원님께 거짓을 고한 죄로

베니스 법의 심판을 받아도 좋습니다.

브러밴쇼 여봐라, 당장 불을 밝혀라!

작은 초를 다오! 하인들을 모조리 깨워라!

꿈에서 본 일과 크게 다르지 않구나!

갈수록 그런 생각이 나를 짓누르는구나.

불 좀, 냉큼 불을 밝히지 못할까!

(위층에 있던 브러밴쇼 퇴장)

이아고 이만 가야겠소.

내게 돌아올 이득도 딱히 없을 듯하고,

더 있다가는 무어 놈에게

등 돌릴 일이 생기고 말 서요. 상황이야 불 보듯 훤하지요.

의회가 무어 놈을 추궁하고 억울하게 몰아세우겠지만

쉽게 파직할 수는 없을 것입니다.

의원들이 발등에 불을 끄려고

지금 치러지고 있는 사이프러스 전쟁에

무어 놈을 출정시키기로 했기 때문입지요.

의원들도 무어 녀석을 보내는 것이 썩 내키지 않겠지만

아무리 뒤져봐도

그자만큼 이번 일을 잘 처리해 줄 놈은 없으니까요.

내가 비록 무어 녀석을 보느니

차라리 지옥 불에 살을 지지는 게 나을 듯하오만

산 입에 풀칠은 해야 하니 좋아하는 척 가식은 떨어야 하
지 않겠습니까?

그놈 행방을 찾는 건 어렵지 않을 터이니

꾸려진 수색대를 이끌고 쌔지터리 여관[1]으로 가십시오.

저는 거기서 무어 놈과 함께 있겠습니다. 그럼 이만.

(브러밴쇼와 횃불을 든 하인들, 아래층에서 등장)

브러밴쇼 심히 불길하다. 내 딸이 없어졌어.

내 이제 사람들에게 괄시나 받으면서

지독한 고통 속에서 살날만 남았구나. 로더리고,

내 딸년이 어디 있는지 말해 주게. 오, 우리 가엾은 딸!

지아비가 될 놈이 무어인이라 했나?

내 딸과 그런 사이라는 것은 어찌 알았나?

딸년이 나를 속일 줄은 상상도 못했어.

그 아이가 뭐라 하던가? 양초를 더 가져오라니까!

친척들도 모두 깨워라!

혹시 혼인도 해 버린 건가? 어찌 생각하나?

로더리고 분명 식을 치른 듯합니다.

브러밴쇼 오, 하늘이시여! 어찌 빠져나간 게야?

자식 놈에게 배신을 당하다니!

아비들이여, 딸년 행실이 괜찮아 보인다고

속마음까지도 괜찮다고 착각하지 말기를.

젊고 순수한 처녀가 마술에 홀리기라도 한 것 아닌가?

---

1) 간판에 켄타우로스가 그려진 여관. 켄타우로스는 상반신은 인간이지만 하반신은 말.

자네 혹시 어딘가에서 그런 얘기를 읽어 본 적이 있는가?

로더리고 물론입니다, 읽어 보았지요.

브러밴쇼 내 아우를 불러다오.

오, 로더리고 자네에게 내 딸을 줄 걸 그랬네!

몇몇은 이쪽을, 다른 몇몇은 저쪽을 살펴라.

내 딸년과 그 무어 녀석을

어디서 잡을 수 있는지 자네는 아는가?

로더리고 찾을 수 있을 겁니다.

출중한 경비병 몇 명만 붙여 주시면 같이 가 보겠습니다.

브러밴쇼 부디 앞장서서 그리 해 주게나.

집집마다 사람들을 부르겠네.

대부분 내 명을 따를 것이네. 여봐라, 무기를 들라.

야간병을 준비시켜라.

가세나, 선량한 로더리고. 내 자네에게 톡톡히 포상하지.

(퇴장)

제2장

다른 거리

(오셀로, 이아고, 횃불을 든 시종들 등장)

이아고　　내 비록 전쟁을 치르면서 살생을 저질렀지만

　　　　　　간계를 꾸며 살인을 저지를 만큼

　　　　　　양심이 없지는 않지요. 악의가 없다 못해

　　　　　　내 밥그릇도 못 챙겨 먹을 판입니다.

　　　　　　그저 그놈 갈비뼈 사이에

　　　　　　단검을 찔러 넣을 생각만 숱하게 했을 뿐입죠.

오셀로　　찔러 넣지 않아 다행이군.

이아고　　네, 허나 그놈이 장군님의 명예를 더럽히는 말을

　　　　　　마구 내뱉는 겁니다.

　　　　　　제 부족한 인격으로 그걸 참느라 아주 혼이 났지요.

　　　　　　한데 장군님, 백년가약을 맺으신 게 사실인지요?

알아 두실 것이 있습니다.

브러밴쇼 의원은 인맥도 넓고 공작님보다

무려 두 배나 더 영향력 있는 결정권을 가졌습니다.

의원님은 자신에게 주어진 모든 법적인 권한을 동원해

두 분을 파혼시키고

장군님의 손발을 묶고 괴롭힐 것입니다.

오셀로　　갈 때까지 가보라지.

내가 원로원을 위해 세운 공로만으로도

그의 불평에 충분히 반박할 수 있을 것이네.

자랑도 미덕으로 여겨지는 때가 따로 있는 법이라

내가 왕족 출신이라는 사실도

아직 만방에 알리지 않았지.

그들에겐 참으로 안된 일이지만

그간 내가 이룬 업적 정도면

그처럼 엄청난 행운을 누릴 만하지. 여보게, 이아고.

내가 다정한 데스데모나를 사랑하지만 않는다면

바다에 빠진 보물을 모두 줘도

구속과 굴레에 불과한 집과

맘껏 떠돌 수 있는 자유를 바꾸진 않을 것이네.

한데, 저 멀리 보이는 빛은 무엇인가?

(횃불을 든 캐시오와 장교들 등장)

이아고　　정신이 번쩍 든 아버지와 동료 의원들입니다.

어서 안으로 드시지요.

오셀로 숨다니! 보란 듯이 나타나 주지.

이 정도 자질과 지위, 온전한 마음가짐이면

내가 누군지 제대로 증명할 수 있을 것이네.

그렇지 않은가?

이아고 야누스[2]에 맹세코, 아니지요.

오셀로 공작님의 부하들인가? 내 부관까지?

깊은 밤 다들 평안하길 바라네.

한데 무슨 일인가?

캐시오 우선 공작님을 대신해 인사드립니다, 장군님.

공작님께서 한시의 지체도 없이

급히 와 달라고 요청하셨습니다.

오셀로 짐작 가는 일이라도 있는가?

캐시오 제가 알기로는 사이프러스에 관한 소식입니다.

초를 다투는 일입니다. 이 한밤중에

군함에서 먼저 온 전령의 뒤꿈치가 땅에 닿기도 전에

연이어 다른 전령들을 보내왔습니다.

그래서 공작님의 거처에는 이미

여러 베니스 의원들이 회동을 한 상태입니다.

급히 참석하라는 분부십니다.

장군님께서 거처에 계시지 않자

원로원에서 세 무리의 수색대를 꾸려

---

2) 로마의 신. 머리 앞뒤로 두 얼굴을 지니고 있다.

	장군님을 찾도록 지시했습니다.
오셀로	자네가 날 찾아서 다행이네.
	안에 들어가서 한마디만 전하고
	함께 가보도록 하세. (퇴장)
캐시오	기수, 자네가 여긴 어쩐 일인가?
이아고	그러게 말입니다,
	장군님께서 오늘 밤 큰 보물선에 올라타셨는데[3]
	포획한 물건에 대한 소유권을 인정받으면
	영원히 품게 될 것이지요.
캐시오	무슨 소린지 모르겠네.
이아고	결혼하셨단 소리지요.
캐시오	누구랑?
이아고	누구냐 하면…….
	(오셀로 재등장)
	장군님, 이제 출발하시겠습니까?
오셀로	준비됐네.
캐시오	장군님을 찾는 또 다른 수색대가 당도했습니다.

(브러밴쇼와 로더리고, 장교들이 횃불과 무기를 들고 등장)

이아고	브러밴쇼입니다. 장군님, 조심하십시오.
	작정하고 온 겁니다.

---

3) 성적인 암시

오셀로	멈추시오. 거기 서시오!
로더리고	의원님, 무어 녀석입니다.
브러밴쇼	저 도둑놈을 쓰러뜨려라!
이아고	로더리고 이놈! 이리 와 보거라. 네놈은 내가 상대하지.
오셀로	검을 거두시오. 이슬에 녹이 슬겠소.
	너그러우신 의원님, 칼보다는
	연륜으로 다스리시지요.
브러밴쇼	이 음흉한 도둑놈! 내 딸은 어디에 있느냐?
	속이 시꺼먼 악마 같으니라고!
	네놈이 주술로 내 딸의 혼을 빼 놓았구나.
	지각을 지닌 만물들에게 물어보아라.
	주술을 부린 게 아니라면
	그리도 점잖고 순결하고 아무 불만도 없던 처녀가,
	결혼 따위는 절대 하지 않겠다며
	부자인데다 용모도 출중한 베니스 사내들은
	다 마다한 그 아이가,
	아비의 보호막에서 도망쳐 호감은커녕 소름만 끼치는
	너 같은 놈의 시커먼 품에 안겨
	온 세상의 비웃음을 살 리가 있겠느냐?
	네가 내 딸에게 추악한 주술을 부리고
	약과 독을 먹여 온몸에 힘을 빼고는
	여린 처녀의 청춘을 욕보인 게 어김없는 사실이 아니라면
	내 세상의 심판을 받아도 좋다. 진상 조사를 해 보겠지만
	이는 충분히 가능한 일이며 너무나 자명하기까지 하다.

고로 천하의 사기꾼이며

금지된 불법 주술까지 행한 네놈을 체포하겠다.

저놈을 잡아라.

저항하면 무력으로 제압해도 좋다.

오셀로 모두 멈춰라.

내 편이든 누구 편이든 모두 다!

싸움이 언제 필요한지는 그 누구보다

내가 가장 잘 안다. 의원님께서 물으시는 죄에 대해

해명을 하려면 어디로 가야 합니까?

브러밴쇼 감옥으로.

법이 정한 때와 올바른 절차가 준비되면

출두 명령을 내리겠다.

오셀로 말씀을 따른다면 어찌 되는 것입니까?

공작님의 뜻은 어찌 따르겠습니까?

베니스에 닥친 시급한 일로 공작님께서 저를 데려오라고

이렇게 사람을 보내셨는데 말입니다.

장교 그렇습니다. 존경하는 의원님,

공작님께서는 회의에 참석중이시며

의원님께도 분명 사람을 보냈을 것입니다.

브러밴쇼 어째서? 공작께서 회의에 참석중이라니?

그것도 이리 야심한 밤에? 그를 끌고 가자.

꼭 짚고 넘어가야 할 문제다.

공작님도, 다른 동료 의원들도

제 일처럼 나서서 이 일이 분명 잘못되었다고 할 것이다.

의원들이 노예나 이교도가 아니고서야

어찌 저놈의 행실을 문제 삼지 않고 넘어가겠는가?

(퇴장)

제3장

대회의실

(탁자를 둘러싸고 앉아있는 공작과 의원들, 이들을 수행 중인 장교들 등장)

공작　　이 전갈들의 내용이 일관되지 않소.

　　　　원 믿을 수가 있어야지.

의원 1　그렇습니다. 내용이 모두 다릅니다.

　　　　제가 받은 전갈에는

　　　　107척의 갤리선이라고 되어 있습니다만.

공작　　내 것에는 140척이라고 되어 있소.

의원 2　제 것에는 200척이라는군요.

　　　　허나 이런 상황에서는 어림잡아 보고를 하니

　　　　내용이 다를 수밖에요. 중요한 것은 모두가 말한 것처럼

　　　　터키 군함이 사이프러스로 향하고 있다는 것이지요.

공작	그렇군. 생각해보니 그 말이 맞는 듯하오.
	오차가 있다고 보고 내용도 거짓이라 할 순 없지.
	전령들이 전한 말에는 의심의 여지가 없소만
	참으로 걱정이오.
선원	(안에서) 계십니까? 계십니까? 안에 계십니까?
장교	군함에서 소식이 왔나 봅니다.

(선원 등장)

공작	무슨 일이냐?
선원	터키 함대가 로즈 섬을 향하고 있습니다.
	안젤로 경의 명으로 이 소식을 전하러 왔습니다.
공작	상황이 바뀌었소, 이젠 어떻게들 생각하시오?
의원 1	그럴 리가요?
	사실일 리가 없습니다. 우리를 교란하려는
	속임수입니다. 생각해 보십시오.
	터키에게 사이프러스는 중요합니다.
	로즈 섬보다는 사이프러스의 방어력이 더욱 취약하니
	그들 입장에선 점령하기 더 쉽다는 점도 기억하십시오.
	이런 상황을 충분히 고려하면,
	터키군이 그저 무능해서 가장 원하는 땅은 제쳐 두고
	그저 그런 곳을 먼저 점령하려 한다고
	넘겨짚을 문제가 아닙니다.
	가치도 없고 더 큰 위험을 감수해야 할 땅을 얻으려고

이점도 많고 점령하기도 쉬운 땅을 내버려 두다니요.

공작　그렇지요.

터키군이 로즈 섬을 향하고 있다고 속단해선 안 되지요.

장교　다른 전갈이 왔습니다.

(전령 등장)

전령　존경하는 공작님과 의원님,

오토만 제국[4]의 군함들이 로즈 섬으로 향하던 중,

다른 군함이 그들 무리에 합류했다고 합니다.

의원 1　옳지, 예측했던 바로군. 몇 척쯤 되더냐?

전령　30척입니다. 그러더니 그놈들이 다시

뱃머리를 돌려 원래 향했던

사이프러스로 오고 있다고 합니다.

의원님의 용맹스런 충복이신 몬타노 총독께서

이 사실을 전하고

도시를 구출해 줄 병력을 보내 달라고 요청하셨습니다.

공작　그렇다면 사이프러스로 향하는 게 분명하군.

마커스 루치코스는 근처에 있느냐?

의원 1　지금 피렌체에 있습니다.

공작　서둘러 서한을 보내라, 한시가 급하다.

의원 1　브러밴쇼 의원님과 용맹스러운 무어인이 오십니다.

---

4) 지금의 터키

(브러밴쇼와 오셀로, 캐시오, 이아고, 로더리고와 장교들 등장)

공작 용감한 오셀로여, 그대를 우리 최대의 적인

오토만 제국과 싸우도록 속히 전장으로 보내야겠소.

(브러밴쇼에게) 미처 보지 못했소. 어서 오시오, 의원.

오늘 밤은 그대의 분별력과

도움이 필요했던 자리였는데 말이오.

브러밴쇼 저도 오늘 밤 공작님이 필요했습니다. 송구합니다만,

저는 전쟁 소식을 듣거나 베니스의 안위가 염려되어

이 야심한 밤에 이부자리를 박차고

여기까지 온 것이 아닙니다. 저의 사사로운 슬픔이

수문 너머로 범람하고 여기저기를 쑤시고 다녀서

슬픔이란 슬픔은 모두 에워싸고 삼켜 버렸습니다.

다른 일은 이제 전혀 슬프지 않습니다.

공작 어허, 그것이 무엇이오?

브러밴쇼 제 딸에 관한 일입니다! 오, 내 딸!

의원 1 죽기라도 했소?

브러밴쇼 제게는 죽은 거나 다름없습니다.

누군가 주술을 부리고

사기꾼 약장수가 준 약을 제 딸에게 먹여

속이고 납치해서는 욕보였습니다.

그 아이는 모자라거나 눈 멀지도 않았고 눈치도 빠릅니다.

주술에 넘어가지 않고서는

그런 실수를 범할 아이가 아닙니다.

공작	그대의 딸을 속여서 납치한 놈이 누구든 간에
	그처럼 파렴치한 짓을 저지른 놈은 대가를 치를 것이오.
	의원께서는 사형 선고와 관련된 법령을 읽고
	최고의 극형을 내릴 수 있는 방법을 찾아서
	직접 판단하여 형을 선고하시오.
	놈이 내 아들이라도 그대의 뜻대로 형벌을 내리겠소.
브러밴쇼	존경하는 공작님, 고개 숙여 감사드립니다.
	바로 이 무어 놈입니다. 나랏일로
	공작님의 특별한 명을 받들려고
	여기 온 것으로 아옵니다만.
모두들	아, 이것 참 유감이군요.
공작	(오셀로에게) 그대는 뭐라 변호를 하겠소?
브러밴쇼	사실이란 말 외에 무슨 말을 더 할 수 있겠느냐?
오셀로	제가 존경하고 있는 고귀하시고 명예로우신 의원 여러분.
	저는 이 분의 따님을 빼앗았습니다.
	이 사실은 한 치의 어긋남도 없습니다.
	단, 전 따님과 혼인했습니다.
	오직 이 말로만 저를 변호하겠습니다.
	더 이상은 드릴 말씀이 없습니다. 저는 말솜씨가 서툴고
	말투도 유쾌하거나 매끄럽지 못합니다.
	일곱 살이 된 후부터 아홉 달 전까지만 해도
	이 팔뚝 힘만으로 막사로 뒤덮인 전장을 누볐습니다.
	저는 다툼이나 전쟁에서 겪은 일은 말씀드릴 수 있지만
	이 거대한 세상에 대해서는 드릴 말씀이 거의 없습니다.

그러니 제 명분을 포장해서

제 입장을 변호하지는 않겠습니다.

하지만 너그러운 마음으로 참고 들어 주신다면

어떻게 사랑에 빠지게 되었는지,

무슨 약을 먹였으며 어떤 마술을 부렸는지,

어떤 주문을 읊고 얼마나 강력한 마법을 사용했는지

가감 없이, 있는 그대로 말씀드리겠습니다.

제가 의원님의 따님을 얻기 위해

그런 범죄를 저질렀다고 주장하시니까요.

브러밴쇼　처녀가 그리 대담할 리는 만무하오.

말수도 적고 조용한 편이라 자기 몸짓 하나에도

얼굴을 붉히는 아이입니다. 그런 성품과

나이, 태생, 평판, 모든 것을 뒤로 한 채

쳐다보기만 해도 꺼림칙한 놈과 사랑에 빠지다니요?

얼토당토않습니다. 나무랄 데 없는 우리 딸이

순리를 거슬러 타락할 수도 있다는 판단은

나사가 반쯤 풀린 놈이나 할 테지요.

이는 분명 교활한 악귀의 농간입니다. 장담컨대 저 자가

욕정을 다스리는 약물이나 그런 효능의 묘약을 만들어

제 딸에게 먹인 것이 분명합니다.

공작　장담만으론 증명할 수 없소.

시대에 역행하는

가능성이 희박하거나 허무맹랑한 반론이 아닌,

명백하면서도 모든 사실을 아우르는 증거로만

	오셀로 장군을 고발할 수 있소.
의원 1	한데, 오셀로 장군, 대답해 보시게.
	자네 정녕 속임수나 힘으로 제압해서
	젊은 처녀의 애정을 검게 물들인 것인가?
	아니면 영혼이 영혼에게 건넬 수 있는
	요구와 정당한 질문으로 얻어낸 것인가?
오셀로	청하건대,
	쌔지터리 여관에서 그녀를 데려와 주십시오.
	그런 후 그녀가 부친 앞에서 직접 말하게 하십시오.
	그녀의 진술을 들어 본 후에도 제 불찰이라 여기시면
	저에 대한 신뢰와 제게 내리신 직위를 박탈하시고
	형을 내려 제 목숨을 거두어 가셔도 좋습니다.
공작	데스데모나를 이리로 데려오라.
오셀로	기수, 자네가 위치를 잘 아니 안내해 드리게.
	(이아고와 시종들 퇴장)
	그리고 데스데모나가 올 때까지,
	여기 계신 존귀하신 분들께
	부덕한 제 열정을 진심으로 인정하는 바
	아름다운 그 여인과 어떻게 사랑에 빠지게 되었고
	그녀도 저를 어떻게 사랑하게 되었는지
	솔직하게 말씀드리겠습니다.
공작	말씀해 보시게, 오셀로.
오셀로	데스데모나의 부친께서는 저를 총애하시어
	댁으로 자주 초대하셨습니다.

제가 일생 동안 겪은 일들,

여러 전투와 포위 작전, 운이 좋았던 일까지도

끊임없이 궁금해 하셨습니다.

저는 어린 시절부터 의원님과 얘기를 나누고 있던 그 순

간까지 겪은 일을 모두 말씀드렸지요.

가장 참담했던 일도,

바다와 육지에서 겪은 가슴 뭉클한 일도,

죽음의 문턱에서 탈출했던 아찔한 순간들도,

오만한 적에게 붙잡혀서

노예로 팔려 갔다가 빠져나온 일도,

거대한 동굴과 황량한 사막에서,

거친 돌밭과 수많은 바위들, 하늘과 맞닿은 산에서

어떤 마음가짐으로 역경을 견뎠는지

말할 수 있는 기회였습니다. 일이 그렇게 된 것입니다.

앤드로포파자이족이라는

동족을 잡아먹는 식인종과 머리가

어깨 아래로 자라는 부족 얘기도 했지요.

데스데모나는 유독 그 이야기에 관심을 보이더군요.

하지만 그때 집안일로 자리를 비워야만 했지요.

그래도 어찌나 제 이야기가 고팠던지

금세 돌아와서 귀를 쫑긋 세우고는

제 이야기에 푹 빠지더군요. 그래서 저는

데스데모나에게 이야기를 들려 줄

적당한 때를 기다리고 있었지요.

때마침 그녀가 제 일생에 걸친 순례기와
귀 기울여 듣지 못한 부분을 들려 달라고
애원하더군요. 저는 데스데모나의 청에 응했습니다.
어릴 적 겪은 고통스러운 사건을 이야기할 때면
더욱 비통해 하며
공감대를 끌어내어 눈물짓게 했습니다.
이야기를 모두 들려주자
데스데모나는 제가 겪은 고충에 숨이 넘어갈 듯
한숨을 몰아쉬었고
힘을 주어 또박또박 "묘하지요, 정말 묘해요.
안타까워요. 측은해서 이를 어째." 하고 말했지요.
데스데모나는 제 모험담을 듣지 않고
남자가 되어 직접 겪어 봤다면 좋았을 뻔했다고 했지요.
제게 감사를 표하면서 말하더군요. 저에게
자기를 흠모하는 친구가 있다면,
제 모험담을 들려주는 법을 가르쳐 주면
자기 마음을 얻게 될 것이라고요.
그녀의 귀띔에 저는 고백했습니다.
데스데모나는 제가 모면한 여러 위기로 인해
저를 사랑하게 되었고
저는 그녀가 제 삶의 순례에 공감해 주었기에
사랑에 빠졌지요.
이것이 제가 부린 유일한 마술입니다.

(데스데모나, 이아고, 시종들 등장)

공작　　　그 여인이 도착했으니 그녀의 이야기를 직접 들어 보지요.
　　　　　그 정도 모험담이라면 내 딸의 마음을 얻고도 남겠구려.
　　　　　마음 좋은 브러밴쇼 의원,
　　　　　불리한 상황이지만 최선을 다해 보오.
　　　　　전장에 나간 대장부에게 맨손보다는
　　　　　부러진 검이라도 있는 것이 낫지 않겠소.

브러밴쇼　딸아이 말부터 들어보기를 청합니다.
　　　　　딸아이도 구애한 책임이 있다고 실토한다면
　　　　　무고한 사람에게 죄를 물었으니 제 머리에
　　　　　벼락이라도 맞을 테지요.
　　　　　우리 점잖은 숙녀분, 이리 좀 와 보시지요.
　　　　　여기 계신 귀족 여러분 가운데 그대가 가장 충실하게
　　　　　순종하고 있는 사람이 누군지 알아보겠는지요?

데스데모나 고결하신 아버지,
　　　　　제게 주어진 순종의 의무는 이제 둘로 나뉘어졌습니다.
　　　　　저는 아버지로부터 낳아 주시고 길러 주신
　　　　　은혜를 입었습니다.
　　　　　삶을 살아가고 성장하면서 저는
　　　　　아버지를 존경하는 법을 배웠습니다.
　　　　　저는 아버지를 주군으로 모셨고,
　　　　　이제까지 당신의 딸로 살았습니다.
　　　　　하지만 여기 저의 지아비가 계십니다.

어머니께서 당신의 부친보다 아버지를 더욱 아끼고

순종하시는 모습을 보여주신 것처럼,

저 또한 저의 지아비인 무어인을 순종하게 해 달라고

요구하는 바입니다.

브러밴쇼 신의 가호가 있기를. 어쩔 도리가 없군.

공작님, 부디 계속해서 정사를 논하십시오.

자식새끼를 직접 낳느니 차라리 입양을 하겠습니다.

이리 오라, 무어인.

그대가 취하지 않았다면

전력을 다해 갖지 못하도록 막았을 테지만

이제는 거침없이 내어 주노라.

보배 같던 딸아, 덕분에 다른 자식새끼들이 없다는 사실

이 다행스럽기만 하구나.

이렇게 달아나 버린 너를 보고 폭군으로 변해

다른 딸년들에게 족쇄를 채웠을지도 모르니까.

어쩔 도리가 없습니다, 공작님.

공작 의원께 이 연인들에게 호의를 베풀게 해줄

충계 삼아 금언 한마디만 올리겠소.

옛말에 못 고치는 병이면 슬퍼할 필요도 없다고 했소.

희망이 최악의 상황으로 치닫는 것을 보고서도

이미 엎질러진 물 때문에 슬픔에 잠긴다면

없던 근심도 다시 생거나는 법이요.

빼앗길 수밖에 없는 운명이라면

인내로 그런 운명의 부당함을 조롱할 수 있소.

도둑맞고도 미소 짓는 자는 훔친 놈보다 한 수 위지만

분통만 터뜨리는 자는

오히려 자기 시간을 도둑질해 버리지요.

브러밴쇼　그렇다면 터키가 사이프러스를 앗아 가도

미소만 잃지 않는다면야 그리 나쁠 것도 없겠군요.

잃은 게 없는 사람은 그런 진부한 말들도

아무렇지도 않게 가슴에 새겨지나 봅니다.

소중한 것을 잃은 저로선

좋지 못한 인내심으로 상실감뿐만 아니라

그런 진부한 말까지 감내해야 하는군요.

금언이란 달기도 하지만 쓰기도 하지요.

어떤 맛이 더 강한지 우열을 가릴 수가 없을 정도지요.

허나, 말은 말에 불과할 뿐. 제가 이제껏 살면서

멍든 마음을 귀로 다스린다는 말을 못 들어 보았습니다.

정중히 청하건대, 보시던 정사나 계속 보시지요.

공작　터키군이 강력한 군대를 이끌고

사이프러스로 향하고 있다고 하오.

오셀로 장군,

그대는 사이프러스의 지리적 강점을

가장 잘 아는 사람이오.

물론 그곳에도 출중한 자질을 가진 자를 대신 앉혀 두었

지만 모두들 한 목소리로

그대가 최고의 결과를 낼 수 있을 것이라 하오.

그러니 새로이 얻은 행운의 빛은 접어두고

이 험난하고 거친 여정에 합류해 줘야겠소.

오셀로 고귀하신 의원 여러분,

저는 오랜 기간 혹독한 시련을 겪어온 터라

전장에 깔린 돌무더기와 강철도 제게는

보드라운 솜털로 된 침상처럼 느껴집니다.

타고난 근성으로 위기에도 민첩하게 대처할 수 있으니

코앞에 닥쳐온 오토만 제국과의 전쟁을

반드시 치르겠습니다.

대신 고개 숙여 간청 드리건대,

제 아내에게 적절한 처우를 해 주십시오.

격에 맞는 지위를 부여하고 생계비를 지원해 주시고,

지위에 맞는 거처와 아내의 수준에 맞는

말벗도 붙여 주십시오.

공작 부친과 함께 머물면 되지 않는가?

브러밴쇼 불가합니다.

오셀로 그건 저도 허락하지 않겠습니다.

데스데모나 저 또한 부친과 함께 머물 생각은 없습니다.

계속 눈에 띄면 부친의 마음을 어지럽게만 할 것입니다.

자비로우신 공작님, 공작님의 호의적인 귀를 빌어

한 말씀 올린 후 의견을 청해도 되겠습니까?

그러면 수고를 좀 덜 수 있을 듯합니다.

공작 원하는 것을 말해 보시오, 데스데모나 양.

데스데모나 기존의 관념 따윈 아랑곳하지 않고

폭풍 같은 운명을 맞게 된 일로

온 세상이 떠들썩하지만 저는 이 무어인과의 삶을
포기하지 않을 만큼 그를 사랑합니다.
이분이 하시는 일까지도 겸허히 따르고자 합니다.
저는 이분의 얼굴을 통해 마음을 들여다보았습니다.
그리하여 오셀로 장군님의 정직함과 용맹스러움에
제 영혼과 운명을 다 바치기로 했습니다.
그러니 공작님, 남편이 전쟁을 치르는 동안
이 적막한 침묵 속에 남겨진다면
지아비와 사랑을 나눌 권리도 빼앗길 뿐더러
그 사이 홀로 남아, 남편의 부재까지
힘겹게 감당해야 합니다. 그러니 그와 가게 해 주세요.

오셀로 그리하도록 허락해 주십시오.
하늘에 맹세코, 욕정을 채우거나 열정에 사로잡히거나
적당한 선에서 욕구를 채우려고
이런 부탁을 드리는 것이 아닙니다.
젊은 날의 왕성한 혈기는 사라졌습니다.
다만 데스데모나의 마음에
자유와 너그러움을 베풀고 싶습니다.
그녀와의 동행으로 제가
이 중차대한 일에 소홀할 것이란 생각은
하느님께서도 허락치 않으실 것입니다. 절대 안 되지요.
큐피드가 날갯짓하며 치는 사소한 장난에 휘말려
제 눈과 강철 같은 몸뚱이에 힘이 빠지거나,
욕정에 놀아나서 일을 망치고 오명을 남긴다면,

부녀자들이 제 투구를 솥으로 만들고

온갖 수치스럽고 비천한 재난이

제 평판을 덮쳐도 좋습니다.

공작   부인이 여기에 머물게 하든 함께 가든

알아서 결정하시오.

일이 시급하니 쏜살같이 처리해야 할 것이오.

의원 1   오늘 밤 당장 떠나야 하오.

데스데모나   오늘 밤이요?

공작   오늘 밤.

오셀로   여부가…… 있겠습니까.

공작   동이 트고 9시경에 여기서 다시 만납시다.

오셀로 장군, 몇몇 사병을 남겨 두고 가시오.

우리의 명령과 그대의 직급에 부여된 소임을 전하고

경의를 표하게 할 것이오.

오셀로   그리하십시오. 기수가 남을 것입니다.

정직과 신뢰를 겸비한 사람입니다.

이 사람이 제 아내도 데려오고

공작님께서 요구하시는 다른 일들도

제게 전해 줄 것입니다.

공작   그리하시오.

모두들   안녕히 주무시오. 그리고 고결한 브러밴쇼,

미덕만 놓고 본다면

사위 되는 사람이 시커먼 게 아니라 아주 새하얗군요.

의원 1   잘 가시게, 용맹스런 무어인.

데스데모나를 잘 보살피게나.

브러밴쇼 무어인, 저 아이를 잘 지키시게. 눈이 있다면

저 아이가 자기 부친을 어찌 속였는지 똑똑히 보았겠지.

다음은 그대 차례네.

(공작과 브러밴쇼, 의원들, 장교들 퇴장)

오셀로 그녀의 정절에 내 목숨을 걸겠소. 정직한 이아고,

자네에게 나의 데스데모나를 맡기고 떠나야겠네.

부디 자네 처가 내 아내를 돌봐 주다가

가장 좋은 시기에 함께 데려오도록 하게.

데스데모나, 갑시다. 사랑도 나누고

속세의 일도 돌보고 명령도 내릴 시간이

한 시간밖에 남지 않았소. 주어진 시간에 순종해야 하오.

(오셀로와 데스데모나 퇴장)

로더리고 이아고!

이아고 귀하신 분[5]께서 뭐 할 말이라도 있습니까?

로더리고 난 이제 어쩌면 좋단 말인가?

이아고 뭘, 가서 주무셔야지요.

로더리고 바로 물에 빠져 죽을까 보네.

이아고 그리하면 내가 선생을 더 이상 아껴 주지 못할 텐데.

뭐가 문제라고, 이 어리석은 양반!

로더리고 삶이 고통인데 사는 게 어리석지.

죽음으로 치유할 수 있다면 죽을 약을 처방 받아야지.

---

5) 지위가 올라간 이아고가 거들먹거리며 하는 말. 여기서 "귀하신 분"은 비아냥거리는
말에 가까움.

이아고   어허, 참 지랄맞네! 일곱 해가 네 번 지나는 동안
세상 구경도 하고 손익을 따지는 법도 알게 되었지만
단 한 번도 자신을 사랑할 줄 아는 사람은
못 보았소. 교태나 부리는 암탉을 사랑한답시고
물에 빠져 죽겠다고 말할 바에는
사람 안하고 개코 원숭이로 사는 게 낫겠군요.

로더리고   어떡하면 좋은가? 내가 바보라서 부끄럽다고 고백한들
내가 무슨 능력이 있어 나 자신을 바로잡겠나?

이아고   얼어 죽을, 능력은 무슨!
결국 이런 식이든, 저런 식이든
살아가게 되는 것은 자기 자신에서 비롯될 뿐.
인간의 몸이 정원이면 그 의지는 정원사라 할 수 있지요.
쐐기풀도 심고 상추랑 히솝 풀도 심고,
백리향도 뽑고 허브를 한 종이든 여러 종이든 심어 놔도,
나태하면 황폐하게도,
성실하면 가꿔 나갈 수도 있지 않겠어요?
능력이건 바로잡을 수 있는 힘이건
모두 의지에 달려 있지요.
삶의 저울에서 이성의 무게가
육욕의 무게 때문에 균형을 잃으면
인간의 본성인 성욕과 천박함 때문에
우리 삶은 결국 뒤죽박죽이 되어 버릴 겁니다요.
허나 우리에겐 이성이 있지 않습니까?
불끈거리는 충동도, 성적인 자극도, 참을 수 없는 욕정도

모두 꺼뜨릴 수 있는. 선생이 사랑이라 부르는 것도

그저 욕정에서 뻗어 나온 잔가지일 뿐입니다.

로더리고 그럴 리가.

이아고 그저 왕성한 혈기로 몸이 달아서,

의지가 꺾여서 그렇다니까요.

남자답게 구십쇼! 물에 빠져 죽다니?

고양이나 개새끼나 그러라지요.

내가 선생 친구가 되겠다고,

절대 끊어지지 않는 단단한 밧줄로

선생 곁에 꼭 붙어 있겠노라고 말하지 않았습니까?

지금이야말로 내가 선생을 도울 수 있는 최적기입니다.

재산을 팔아서 주머니에 돈이나 채워 두십쇼.

그런 뒤에 전쟁에 따라가서 어슬렁거리세요.

가짜 수염으로 얼굴을 좀 흉측하게 만들고요.

다시 말하지만 주머니에 돈은 꼭 채우고. 데스데모나가

무어 놈에게 그리 오래 빠져 있지는 않을 겁니다.

그러니 돈을 마련해야죠.

무어 녀석도 내내 아내만 바라보진 않을 겁니다.

너무 갑작스럽게 사랑에 빠졌잖습니까?

응당 그에 따른 결과가 나오게 되어 있습죠.

그러니 주머니만 채워 두면 됩니다.

이 무어인들은 변덕이 심하거든요.

그러니 땅 팔아서 현금이나 마련해 두어야지요.

지금은 구주콩나무처럼 달콤한 열매도,

머지않아 콜로신스 오이처럼 쓴맛이 날 겁니다.

데스데모나 부인도 더 젊은 놈을 찾아 헤매겠지요.

오셀로의 몸을 충분히 맛보고 나면

아차 하며 후회할 겁니다.

그러니 돈을 마련해 두어야지요.

이왕 지옥에 뛰어들 거라면

물에 뛰어드는 것보다 좀 더 우아한 방법을 택하십쇼.

돈은 최대한 많이 끌어 모으고요.

소름끼치는 야만인과

부서질 듯 섬세한 베니스 여인 사이에 이뤄진 맹세는

겉으로만 독실해 보일 뿐 깨지기 쉬우니

나와 악귀들이 충분히 해치울 수 있습니다.

선생은 부인의 맛이나 보십쇼. 그러니 돈이 있어야지요.

물에 빠져 죽겠다는 헛소리는 집어치우고!

왜 엉뚱한 놈한테 헛발질을 하느냐는 거지요.

데스데모나를 포기하고 자살하느니,

그녀를 손에 넣으려고 애라도 써 보다가

교수형 당하는 게 낫지 않습니까?

로더리고 일이 어찌 될지 자네만 단단히 믿고 있으면 되겠나?

이아고 여지없이 저는 선생 편입니다. 가서 돈이나 마련하십쇼.

선생에게 자주 털어놓았잖습니까?

거듭 말하지 않았습니까?

무어 그 녀석, 싫어 죽겠다고. 저는 명분을 굳혔습니다.

선생 마음 못지않습니다.

합심해서 그에게 복수합시다. 오쟁이진 남편으로 만들어

그놈 얼굴에 먹칠만 할 수 있다면

선생의 욕정도 충족시키고 저도 즐길 수 있겠지요.

시간에게 자궁이 있다면 앞으로 무수한 사건을 낳겠군요.

앞으로이- 갓! 가서, 죄다 돈으로 바꿔 두십시오.

동이 트면 그때 더 이야기하시지요. 잘 가십쇼.

로더리고	아침에 어디서?
이아고	저희 집에서.
로더리고	아침 일찍 움직이겠네.
이아고	어서 가세요. 안녕히. 명심하십쇼, 로더리고 선생!
로더리고	뭘 말인가?
이아고	물속으로 뛰어들면 아니 됩니다요, 명심하십시오!
로더리고	생각이 바뀌었어. 땅은 죄다 처분할 것이야.

(퇴장)

이아고　　안녕, 잘 가세요. 돈은 아주 넉넉히 마련해 두시고요.

그래야 하던 대로 멍청한 놈을 내 금고로 쓸 수 있지.

딱히 재미도 없고 이득도 안 되는데

저런 멍청한 놈과 시간을 보내려면

익혀둔 기술이라도 써먹어야지. 무어 그놈도 미워 죽겠고,

내 이부자리까지 들추고

아내와 놀아났다는 소문도 들리잖아.

사실인지는 몰라도,

아니 땐 굴뚝에 연기 날까라고 생각하면

소문만으로도 충분하잖아? 그놈이 날 좋게 보니

내 의도대로 잘 움직여 주겠지?

캐시오는 풍채가 훤하니까, 어디 보자,

그 녀석 자리도 빼앗고 잘 이용해서

내 의지대로 일을 치르려면?

어떻게 하지? 어떻게? 어디 보자.

조금 기다렸다가,

캐시오가 자기 마누라랑 너무 가까이 지낸다고

오셀로에게 거짓을 흘려야겠구먼.

캐시오는 풍채도 좋고 말주변도 좋으니

아녀자들이 넘어갈 만큼 매력적이지.

무어 녀석은 자유분방하고 반응도 즉각적이라,

사람이 정직해 보이면 정말 정직한 줄 알더라고.

그런 부류들은 바보 다루듯

마음대로 쥐고 흔들기에 딱 좋지.

그래. 이제 감이 잡히는군! 악마여, 밤이여!

부디 이 무시무시한 계획이 세상의 빛을 보도록 돕기를.

(이아고 퇴장)

제2막

제1장

사이프러스 섬의 항구 마을. 부두 근처의 공터

(몬타노와 두 시종 등장)

몬타노   곶에서는 뭐가 좀 보이더냐?

시종 1   아무것도 안 보입니다. 파도가 높아서

하늘과 대양 사이의

배 한 척도 분간해낼 수 없습니다.

몬타노   육지 쪽도 바람이 심하네.

강풍이 요새를 뒤흔들고 있어.

강풍의 횡포로 바다도 들썩이는데

산과 같은 파도에 오크나무로 만든 배가

어찌 버티겠는가? 폭풍이 미칠 영향은?

시종 2   터키 해군이 박살이 나겠지요.

가서 저 거품이 이는 바다 앞에 서 보십시오.

사납고 거대한 파도가

구름을 향해 맹렬히 치솟는 것 같습니다.

바람에 일렁이는 거센 파도는

무시무시하고 깎아지른 갈기를 세운 채

타오르는 곰에게는 물을 퍼붓고

양 옆에 타오르는 두 별빛도 꺼뜨리는 듯합니다.

이처럼 광포하게 불어나는 물난리는

본 적이 없습니다.

몬타노　　터키 군대가

피하지도, 만에 닿지도 못한다면 모두 익사하겠구나.

버틸 수 없을 것이네.

시종 3　　새 소식입니다, 총독님. 전쟁이 끝났습니다.

터키군이 무자비한 폭풍을 만나

멈춰 섰다고 합니다. 위대한 베니스 함선에 따르면

터키 함대는 대부분

극심하게 난파하거나 부서졌다고 합니다.

몬타노　　뭐라고? 사실인가?

시종 3　　베로네사로부터 배가 막 당도했습니다.

무어인 오셀로 장군의 부관인

마이클 캐시오란 사람이 해안에 와 있습니다.

무어인 장군께서는 바다에 계시며

이곳 사이프러스를 지키기 위한 전권을 위임받으셨습니다.

몬타노　　참으로 다행이오.

총독을 맡으실 만한 자격이 있는 분이시오.

시종 3	터키의 패배 소식을 접하고 캐시오 부관께서
	(캐시오 등장)
	안도의 말씀을 하시면서도 엄숙한 태도로
	무어인께서 무사하길 기도했습니다.
	사납게 몰아치는 폭풍이 두 분을 갈라놓았다고 합니다.
몬타노	하늘이 그분을 돕기를.
	장군님을 모신 적이 있는데,
	군인으로서의 지휘 솜씨가 전혀 빈틈이 없는 분이지.
	자, 해안으로 가보세. 입항한 군함도 맞이하고
	바다와 푸른 하늘 사이가 희미해지며
	하나로 이어질 때까지
	용감한 오셀로 장군님도 찾아보세.
시종 3	그리 하시지요.
	매 순간 더 많은 배가 당도하기를 기대해 보지요.
캐시오	섬을 지켜 주시고 오셀로 장군님을 칭송해 주시는
	훌륭하신 여러분께 감사드립니다. 부디, 하늘이
	혹독한 폭풍으로부터 장군님을 보호해 주기를.
몬타노	장군님이 오르신 배는 튼튼합니까?
캐시오	단단하게 잘 만들어졌습니다. 조타수도
	뛰어난데다 경험도 많습니다.
	그래서 희망을 가져 봅니다.
	지나치게 높은 기대는 하지 않지만
	끝까지 긍정적으로 기다리겠습니다.
목소리	(안에서) 배다, 배, 배가 보인다!

캐시오	웬 소란이냐?
전령	마을이 비었습니다. 모두 해안가로 나가
	"배가 보인다!"고 외치고 있습니다.
캐시오	장군님의 배이기를.

(외치는 소리)

시종 2	예포를 쏜 걸 보니
	적어도 아군이라는 뜻입니다.
캐시오	직접 가서
	정확히 누가 왔는지 확인해 주시오.
시종 2	제가 가보겠습니다.

(시종 2 퇴장)

몬타노	헌데, 충직하신 부관님, 장군님께 처가 있으신지요?
캐시오	운 좋게도, 처녀 한 분을 얻으셨지요.
	말도 못하게 아름다우시고
	아주 떠들썩하게 혼인을 알리셨지요.
	웬만큼 화려한 문장가도 묘사하기 힘든 분이십니다.
	겉옷 속에 숨겨진 내면도 무척 아름다워서
	거룩한 창조주께서도 기진맥진할 정도지요.

(시종 2 등장)

시종 2	장군님의 기수인 이아고가 도착했습니다.
캐시오	흡족할 만큼 빨리 당도하는 데 성공했군요.
	높게 치솟는 파도와 휘몰아치는 바람,

풍파로 움푹 팬 바위와 모래톱,

한 치 앞을 못 보던 용골을 막으려고

물 아래에서 매복하고 있던 역적 놈들 모두

미적 감각은 있어서, 목숨을 앗는 본성도 버리고

고결하신 데스데모나 양이

폭풍 속에서도 무사히 바다를 건너게 해 주었군요.

몬타노   그 사람이 누구인가요?

캐시오   말씀드린 분입니다. 홀륭하신 장군님의 장군님이십니다.

용감한 이아고가 데스데모나 양의 인솔을 맡았습니다.

예상보다 무려 이레나 일찍 도착했지요.

지존하신 하늘이시여, 오셀로 장군님을 보호하시고

그의 배에 숨을 불어넣으시어

돛대를 높이 치켜세운 채 입항하여

이 만을 축복하게 하소서.

데스데모나 양의 두 팔 안에서

사랑으로 가쁜 숨을 몰아쉬며

꺼진 우리의 영혼에 다시금 불꽃이 일게 하시고

사이프러스 전역이 안심하고 살게 하소서.

(데스데모나와 이아고, 로더리고와 에밀리아 등장)

오, 보시오.

귀한 분들이 배에서 내려 해안가로 오십니다.

모든 사이프러스인들이여, 무릎을 꿇고

환영합니다, 부인. 하늘이시여,

부인의 앞과 뒤, 그리고

온 사방을 은총으로 감싸 안아 주시기를 빕니다.

데스데모나   훌륭하신 캐시오 님, 고맙습니다.

장군님에 관한 소식은 있나요?

캐시오   아직 도착하지 못하셨습니다. 무사하시고

곧 당도하시리라고 생각합니다.

데스데모나   오, 그래도 걱정스럽군요. 두 분은 어찌 헤어지셨나요?

캐시오   하늘과 바다 사이에 큰 다툼이 일어나

장군님과 저를 갈라놓았습니다.

(안에서 들리는 어떤 목소리, '배다, 배야!')

들어 보시오. 다른 배가 입항했다고 합니다.

(총소리)

시종 2   예총을 쏘았습니다.

저 배도 역시 아군의 배입니다.

캐시오   기다려 봅시다.

(시종 2 퇴장)

환영하네, 유능한 기수. (에밀리아에게) 환영하오, 부인.

마음씨 좋은 이아고, 너무 애태우지 말게나.

자라며 배운 것이 이렇게 극진하게 예의를 갖추는 일이라

이를 실천하는 것일 뿐이네.

(캐시오가 에밀리아에게 키스한다.)

이아고   부관님, 저 여편네가 제게 그리했듯이

부관님께도 자주 혀를 놀린다면

질려 버리실지도 모르겠습니다.

데스데모나 그렇지 않아요.

에밀리아는 수다스러운 사람이 아니랍니다.

이아고 사실은 그렇지 않습니다. 말이 많아요.

잠만 자려고 하면 재잘거립니다.

물론 인정합니다.

부인 앞에서는 혀를 마음속에 재워 두고

잔소리는 생각으로만 하겠지요.

에밀리아 근거 없는 얘기네요.

이아고 오, 제발, 사실이잖아.

집 밖에 나가면 그림 속의 한 장면처럼,

거실에서는 종처럼 울려대고,

부엌에 들어가면 들고양이,

수치스러울 땐 성자처럼 굴고,

기분이 나쁘면 표독스레 굴고,

집안일 할 때는 놀기만 하다가,

마누라 대접은 받으려 하잖아.

침대에서는!

데스데모나 오, 부끄러운 줄 아세요, 이 험담꾼!

이아고 사실이라니까요. 아니면 절 터키 놈이라 해도 좋습니다.

잠자리에 들 때 일 시작하잖아.

에밀리아 칭찬은 한 마디도 않는군요.

이아고 부디 그런 짓은 않기를.

데스데모나 제 칭찬을 꼭 해야 한다면 혹시 할 말이 있을까요?

이아고   오, 점잖으신 마님, 어찌 그런 부탁을 하시는지.

          쓴소리를 빼면 전 시체랍니다.

데스데모나 어서요, 해 보시라니까요.

          헌데, 누가 항구에 나가 있긴 한 건가요?

이아고   그렇습니다, 부인.

데스데모나 마음이 썩 좋진 않지만 겉으로 보기에

          괜찮은 척이라도 해야겠군요.

          자, 어떤 식으로 제 칭찬을 하는지 들어 봅시다.

이아고   시도는 해 보겠습니다만,

          끈끈이 새덫을 띠 장식으로 만들듯

          기발한 발상도 제 머리통으로 짜내지요.

          골통 따위에서 뽑아내는 것이지요.

          그래도 뮤즈가 산고 끝에 분만을 하는군요.

          여인이 미와 지혜를 모두 갖춘다면

          미는 지혜를 활용하고, 지혜는 미를 활용할지어다.

데스데모나 멋진 칭찬이군요! 여인이 검지만 지혜가 있다면요?

이아고   여인이 검은데다 지혜롭다면

          시커먼 자신에게 맞는 흰색을 찾겠지요.

데스데모나 갈수록 가관이군요.

에밀리아   아름답지만 어리석은 여인은 어떨까요?

이아고   예쁜 사람은 어리석지 않지요.

          백치 같은 여인네는 남자들에게는 매력이 있으니까요.

데스데모나 사내들이 술집에서 나누는 낡고 멍청한 농담이군요.

          못생기고 어리석은 여인네에게는

도대체 어떤 망측한 말을 건넬지 궁금하군요.

이아고 아무리 못생기고 멍청한 여인이라 해도
똑똑하고 어여쁜 여인네들이 하는
더러운 수법은 쓰지 않겠지요.

데스데모나 세상에, 이런 무지한 분을 보았나요. 최악의 여인에게
최고의 칭찬을 늘어놓다니.
그렇다면 진정한 품격을 지닌 여인에 대해서는
뭐라고 칭찬하겠습니까? 자신의 가치를 확신해서
타인이 극악한 말로 공격할까 봐 전혀 염려치 않는
그런 여인에게 말입니다.

이아고 아름답지만 으스대지 않고
말을 술술 잘해도 시끄럽게 왕왕거리지 않고
황금이 남아도 지나치게 꾸미지 않고
바랐던 일에서 한발 물러나며,
"그렇게 할지도 몰라요."라고 말하며,
화가 나도 되갚아 주지 않고
받은 상처를 마음에 오래 담아 두지 않고
불쾌함은 쉽게 털어 내며,
대구 머리를 연어 꼬리와 바꿔 먹지 않을 정도로 지혜롭고
생각은 하되 속마음을 절대 털어놓지 않고
구혼자가 줄을 이어도 절대 돌아보지 않는 여인
그런 사람이 실제로 존재한다면, 아마도…….

데스데모나 아마도, 무엇을 할까요?

이아고 젖이나 먹이고 사소한 일에 신경을 쏟겠지요.

데스데모나　지독하게 한심하고 말도 안 되는 결론이군요!

에밀리아, 저자가 당신의 부군이라는 이유로 말을 들어줄 필요는 없어.

캐시오 님 생각은 어떤가요? 조언자로서 이보다 더 상스럽고 거리낌 없는 사람이 있을까요?

캐시오　이아고가 너무 직설적으로 말했군요, 부인.

그는 학자가 아니라 군인이라 그렇습니다.

(캐시오가 데스데모나의 손을 잡는다.)

이아고　(혼잣말로) 손을 잡네. 그래, 옳거니.

속삭여 봐! 이렇게 작은 거미줄을 놓아

캐시오 같은 큰 파리를 잡아야지.

옳지, 데스데모나에게 웃음도 치고. 잘한다.

네놈이 말하는 예의라는 것에 족쇄를 채워야겠다.

네놈 말이 맞구나. 그래, 네 말이 맞고말고.

그런 수작을 부린 탓에 부관 자리를 잃으면

자기 세 손가락에다 열심히 키스를 해댄 걸

후회하게 될게다.

또 신사인 양 예의 지킨답시고 폼을 한껏 잡으시네.

아주 좋아, 키스 한번 잘하네.

예의 한번 멋들어지게 지키는구먼. 그렇지, 그렇고말고.

자기 손가락에 입을 갖다 대는구먼.

저 손가락으로 궁둥이에 관장이나 하라지.

(안에서 나팔 소리)

무어 님입니다! 그분 나팔 소리는 제가 압니다.

캐시오 그분의 나팔 소리가 맞습니다.

데스데모나 모두 그분을 환영으로 맞도록 하지요.

캐시오 장군님께서 행차하십니다.

(오셀로, 몇몇 시종과 함께 등장)

오셀로 나의 아름다운 전사여!

데스데모나 사랑하는 오셀로 님!

오셀로 당신이 먼저 여기에 당도했다니 몹시 놀라우면서도
만족스럽소. 아, 내 영혼에 환희가 이는구려!
폭풍이 잠잠해지고 밀려오는 이 평온함은 늘 경이롭군.
죽은 자들을 깨울 정도로 바람이 불어
고군분투하는 배가
올림포스 산처럼 큰 파도 위로 치닫다가
천국에서 지옥으로 떨어지듯 고꾸라져도 좋소!
지금 죽어도 여한이 없을 정도로 행복하오.
앞날은 내다볼 수 없지만
이토록 만족스럽게 영혼의 위안을 받는 일은
다신 없을 것 같소.

데스데모나 다른 일은 다 막으실지언정
세월이 흘러도 사랑과 행복만큼은 더욱 키워 가도록
하늘이 우리를 도우실 것입니다.

오셀로 자비로우신 신들께, 아멘!
이루 말로 다 할 수 없을 만큼 흡족해서

숨이 막힐 지경이오. 기뻐서 몸 둘 바를 모르겠소.

이 키스가, 또 한 번의 이 키스도 (서로 키스한다.)

우리가 함께 내는

가장 소란스러운 불협화음이 되길 바라오.

이아고   (혼잣말로) 오, 지금은 선율이 그럴듯하지만

네놈이 이 이아고가 정직하다고 믿는 만큼

저 음악 소리를 내는 악기의 줄 조리개를

모조리 풀어버리겠다.

오셀로   이리 오시오, 성으로 갑시다.

동지들, 새 소식이오! 전쟁이 끝났소.

터키 군이 모두 익사했소.

이 섬에서 만났던 오랜 지인 여러분,

그간 어떻게 지내셨습니까?

내 사랑, 사이프러스인들도 당신을 좋아하게 될 것이오.

사람들이 나를 무척 좋아해 주었거든.

오, 내 사랑. 내가 너무 긴장이 풀리는 바람에

실없이 재잘거렸구먼.

친절한 이아고, 만으로 가서 내 짐 좀 내려줄 수 있겠나.

선장도 성으로 데려와 주게. 훌륭한 사람이야.

많은 존경을 받을 만한 자격이 충분한 사람이야.

이리 와요, 데스데모나.

다시 말하지만, 사이프러스에서 그대를 만나 무척 기쁘오.

(오셀로, 데스데모나, 시종들 퇴장)

이아고   조금 있다가 항구에서 만납시다.

이리 좀 와 보세요.

선생이 용감해지려면, 그러니까, 사람들 말로는

아무리 못난 놈도 사랑에 빠지면

타고난 본성보다 더욱 고결해진다고들 하지요.

제 말 잘 들으세요.

부관이 오늘 밤 궁의 경호를 맡기로 했어요.

우선 이 말부터 선생에게 전해야겠군요.

데스데모나 부인이 부관한테 완전히 빠졌어요.

로더리고 그놈한테? 세상에, 말도 안 돼.

이아고 요 입을 손가락으로 막고

이 가르침을 영혼 깊이 새기도록 하세요.

무어 놈이 뻐기고 상상해서 만들어 낸 거짓부렁을 듣고

데스데모나 부인이 그를 격렬하게

사랑하게 된 일을 떠올리세요.

그놈이 수다 좀 잘 떤다고 변함없이 좋아한다고요?

분별력을 왜 그런 곳에다 쓰십니까?

못생겨서 싫증이 난 겁니다.

그 시커먼 악마 녀석을 무슨 낙으로 보겠습니까?

침대에서 뒹구는 욕정이 소진되고 나면

분명 그 육욕에 불을 붙이고, 새로운 욕구를 채우고,

더욱 매력적인 상대를 찾고,

비슷한 나이와 예의와 용모를 갖춘 이를

찾으려 할 것입니다.

무어 녀석하고는 거리가 멀지요.

그렇게 필요한 대응물을 찾아 헤매다가
데스데모나 양은 마침내 자신이 속았다고 생각하고
역겨움을 토하고 무어 놈에게 질려 버리거나
그놈을 증오하게 되겠지요. 본능적으로 깨닫고 나서는
새로운 선택을 하라고 자신을 몰아붙일 겁니다.
자, 선생. 이쯤 되면,
가장 그럴듯하고 자연스러운 상황에서,
이 행운에 이르는 계단에서,
가장 높은 층에 서게 될 사람 중에
캐시오만한 사람이 어디에 있겠습니까?
입담도 뛰어나고 교활하기까지 한 사기꾼입니다.
상류층인데다 끔찍하게 공손한 척, 예의 갖추는 척하지만
모두 자신의 색욕이나 굳게 감춰 둔 욕정을 채우려는
수작일 뿐입니다.
저런 놈이 없지요, 아무렴!
미꾸라지 같고 교활한 건달이지요.
눈을 요리조리 돌려 기회를 낚아채고서는
진정으로 원하는 것을 절대로 드러내지 않고도
제 이익을 뚝딱 찍어내지요. 악마 같은 자식.
그뿐입니까? 저놈은 잘생기고 젊은데다,
어리석고 순진한 여인네가 찾아 헤매는 조건은
죄다 갖췄잖습니까? 악질이지만 흠 잡기도 힘든 놈.
저놈이 이미 데스데모나 부인 눈에 들었단 말입니다.

로더리고 그녀에게 그런 면이 있다니 믿을 수 없어.

성스러운 면은 누구보다도 타고난 여인이라고.

이아고 엿이나 먹으라지!

데스데모나 부인이 마시는 포도주도 포도로 만들었지요.

성스럽다면 무어 녀석을 사랑했을 리가 없습니다.

그놈 소시지나 깨끗이 만들라지요!

캐시오의 손을 만지면서 노닥거리는 거 못 봤습니까?

정말 못 봤냐고요?

로더리고 보긴 했지만 그냥 예의를 갖춘 게지.

이아고 손을 마주하고 음욕을 저지른 겁니다.

욕정이나 음탕한 생각을 다룬 역사책 앞의 목차나,

한눈에 알기 힘든 서두에 나올 법한 행실입니다.

서로의 입술이 너무 가깝게 닿아서

숨결을 주고받을 정도였다고요.

생각만 해도 몹시 불쾌합니다, 로더리고 선생.

둘의 친밀한 관계가 이어지고

조만간 중요하고도 가장 큰일을 치를 테지요.

결국 둘은 하나가 될 거에요. 쳇!

하지만 선생, 내가 이끌어 드리겠습니다.

베니스에서 선생을 데려온 것도 저입니다.

오늘 밤 보초를 서세요. 제가 배치해 주겠어요.

캐시오는 선생을 모릅니다.

제가 멀지 않은 곳에 있을 테니

캐시오를 열 받게 할 구실을 만드십쇼.

큰소리로 떠든다거나 그의 군율에 찬물을 끼얹는다든가,

시간도 유용하게 써먹을 수 있고

마음에 드는 다른 방법을 동원해도 좋습니다.

로더리고   알았어.

이아고   캐시오는 경솔한데다 화를 잘 내는 편입니다.

우연한 계기로 제 부하 병사와 함께

선생에게 덤비겠지요. 그놈 기질에 맞춰 화를 돋우세요.

그런 사소한 일만으로도 전 사이프러스를

폭동으로 몰고 갈 수 있어요. 캐시오를 파면하지 않고는

절대 잠잠해지지 않을 정도로 약을 바짝 올려야지요.

선생의 욕정을 채우기 위한 짧은 여정입니다.

그런 방향으로 저도 일을 진행하면

우리에게 가장 유리한 쪽으로

장애물을 없앨 수 있습니다.

그놈을 제거하지 않으면

이 일은 절대 성공할 수 없습니다요.

로더리고   하겠어. 자네가 기회만 잘 만들어 준다면야.

이아고   제가 장담하지요. 조금 있다가 요새에서 만납시다.

전 무어 녀석 짐을 날라야겠어요. 이만 가 보시지요.

로더리고   안녕히.

(로더리고 퇴장)

이아고   캐시오가 데스데모나를 정말 좋아하면 그녀도

당연히 캐시오를 좋아하겠지. 신빙성이 있어.

무어 녀석을 견딜 수 없지만

그가 한결같고 애정도 깊은데다가

고귀한 품성까지 지녔으니

데스데모나에게 더없이 다정한 남편이 되리라

내 감히 추측을 해보지. 나도 그녀가 좋아질 참이라니까.

욕정에 사로잡히지는 않았지만, 어쩌다 보니

엄청난 죄에 대한 책임을 떠맡게 되었고,

부분적으로는 내 복수심을 배불려 줄 테니까.

그놈이 내 처를 덮쳤다는 의혹도 있어. 그 생각을 하면

독약처럼 뭔가 내 안을 갉아먹는 것 같아.

그놈과 비기기 전에는

그 무엇으로도 내 영혼을 채울 수 없어.

아내에는 아내로 갚아 주지.

혹여 실패라도 하면,

최소한은 그놈이 질투심에 눈이 멀어

판단력을 죄다 잃고 회복하지 못할 정도로 만들겠어.

저 베니스에서 온 쓸모없는 놈의

왕성한 사냥 본능을 식힌 후에

놈을 디딤돌로 쓸 수만 있다면,

마이클 캐시오를 불리한 입장에 몰아넣고

무어 녀석이 오해해서

욕정에 사로잡힌 것처럼 보이도록 만들어야지.

캐시오 녀석도 내 취침용 모자를 썼을지도 모르니까.

무어 녀석이 내게 고마워하고

호감을 가지고, 보답할 게야.

자기를 지독한 바보로 만들고,

자신의 평화와 고요를 깨고,

광기까지 돌게 하도록 음모를 꾸민 대가로 말이야.

머릿속으로는 다 그려져도 좀 헷갈리긴 하구먼.

악당의 민낯은 악을 행하기 전에는

절대 보여 주지 않는 법이지.

(이아고 퇴장)

제2장

어느 거리

(오셀로의 전령이 공문을 들고 등장)

전령관   고귀하시고 용맹스러운 우리의 장군님이신 오셀로님께서
터키 군대의 전멸을 알리는 소식을 듣고 기뻐하셨으며
승리를 축하하기 위해 모든 분을 초대하기로 하셨습니다.
춤을 추든, 모닥불을 피우든 어떤 식으로든
각자 원하는 방식으로 이를 기념하라고 말씀하셨습니다.
이는 승리뿐만 아니라
장군님의 혼인을 축하하는 자리도 될 것입니다.
기쁨이 넘쳐흘러 이를 널리 알리기로 하셨습니다.
식료품 창고는 모두 열려 있으며
현재 시각인 다섯 시를 기점으로
열한 시를 알리는 종이 울릴 때까지

축제를 벌일 자유를 허락합니다.

사이프러스 섬과 고귀하신 오셀로 장군님을

축복해 주시길!

(퇴장)

성안의 집회장

(오셀로, 캐시오, 데스데모나, 시종들 등장)

오셀로   충직한 캐시오, 오늘 밤 보초를 서 주게.

선을 넘어 분별력을 잃지 않고

자제해서 부끄러운 일도 만들지 않도록 하게나.

캐시오   이아고에게 할 일을 지시했습니다만

저는 저대로

두 눈을 부릅뜨고 지키겠습니다.

오셀로   이아고는 아주 정직한 사람이지.

좋은 밤 되시게, 마이클. 자네에게 할 말이 있으니

내일 일찍 자네가 편한 시간에 와 주게.

내 사랑, 이리 와요.

당신을 얻었으니 그에 따른 결실도 맺어야지요.

우리 둘 사이에 얻을 기쁨이 더 남아 있으니.

좋은 밤 되시게.

(오셀로와 데스데모나, 시종들 퇴장)

(이아고 등장)

캐시오	이아고, 왔는가? 우리가 보초 설 시간이네.
이아고	아직은 아닙니다, 부관님. 열 시가 안 되었습니다.
	데스데모나 부인과 사랑을 나누시려고 장군님께서
	우리를 일찍 파하신 게지요. 그렇다고 원망은 않습니다.
	아직 함께 음탕한 밤을 못 보내셨으니.
	데스데모나 부인은 주피터의 놀이 상대에 버금가니까요.
캐시오	부인께서는 이루 말 못할 정도로 아름다우시지.
이아고	밤일도 잘 하시리라 믿어 의심치 않아요.
캐시오	정말 그분만큼 생기 넘치면서 우아한 분도 없으시지.
이아고	그런 눈을 가졌다니! 도발적이지 않습니까?
캐시오	매력적이지. 얌전하고 숙녀답기도 하지.
이아고	말을 할 때에도 욕정을 건드리는 것 같습니다요.
캐시오	흠잡을 데 없는 분이야.
이아고	두 분의 이부자리가 행복하시기를! 부관님, 이리 오십쇼.
	제가 포도주 한 항아리를 대령했습니다. 여기,
	거무스름한 오셀로 님의 건강을 위해 기꺼이 건배하려는
	사이프러스 사내 두어 명이 밖에 와 있습니다.
캐시오	충직한 이아고, 오늘 밤은 안 되겠어. 술을 마시면

정신이 아득해지고 기분도 안 좋아지는 편이라.

예법에 오락을 즐기는 다른 관습이 생겼으면 하고

얼마나 바라는지 모르겠어.

이아고 아, 그렇지만 여기 우리 동지들도 왔는데 한 잔만 하시죠.

제가 부관님 대신 많이 마시지요.

캐시오 오늘 밤 벌써 한잔했어. 속임수로 물도 타서 마셨는데

얼굴색이 확 달라져 버렸잖아. 술이 약한 것도 속상한데

약점을 시험하면 안 되지.

이아고 부관님도 참. 오늘 밤은 한바탕 축제를 벌여야지요.

사내들이 기다리잖소?

캐시오 어디서 기다려?

이아고 문 앞에 있지요. 어서 들어오라고 해 주시지요.

캐시오 썩 내키지는 않지만 그리하지.

(캐시오 퇴장)

이아고 오늘 밤 이미 한잔했다고 하니

딱 한 잔만 더 마시게 할 수 있다면

젊은 마누라 강아지마냥

난폭해져서 싸움질만 해댈 텐데.

사랑으로 속병을 앓다가

못난 모습만 보이는, 나의 덜떨어진 로더리고도

오늘 밤 데스데모나를 위해 건배하며

술 한 단지를 거하게 다 비웠잖아.

녀석도 야간 보초를 서겠지.

사이프러스 사내 녀석들 셋뿐만 아니라

이 섬에서 필히 만날 법한,

싸움 좋아하면서도 명예에 목을 매는

고상하고 잘난 녀석들도

오늘 밤 술잔이 넘치도록 잔뜩 먹여 놓았지.

마침 캐시오도 보초를 서니까

취한 그 녀석들 앞에서 사이프러스 섬을

욕보이게 해야지.

(캐시오와 몬타노, 신사들 등장)

헌데 놈들이 오는구면.

앞으로 내가 상상한 대로만 일이 풀린다면

내 배는 바람과 해류를 따라 미끄러지듯 항해하겠지.

캐시오　세상에, 그들 때문에 벌써 취해 버렸어.

몬타노　작은 잔으로 주시오. 넘치지 않게 따르고.

그래도 군인인데.

이아고　어이, 포도주를 더 대령하라. (노래한다.)

　　　그리고 작은 잔을 부딪치자, 쨍, 쨍

　　　또 한 번 작은 잔을 부딪치자, 쨍.

　　　군인은 사내대장부.

　　　아, 사내 인생 살아봤자 삼만육천 일.

　　　술 한잔 마신들 어떠하리.

동지들, 포도주 더!

캐시오　세상에, 노래 한 번 끝내 주는군!

이아고	영국에서 배웠습지요. 술독이라면
	게 눈 감추듯 비워 내는 사람들이지요.
	덴마크 사람도, 독일 사람도,
	배불뚝이 네덜란드 사람도 ―어이, 어서 마셔!―
	영국 사람들에 비하면 새 발의 피지요.
캐시오	정말 그렇게 술을 잘 마신단 말이오?
이아고	그럼요, 덴마크 사람이 취해 쓰러질 정도로 잘 마시지요.
	땀 한방울 안 흘리고 독일 사람들을 이기고,
	술독을 다시 채우기도 전에 네덜란드 사람이 구역질을 해
	댈 정도입니다.
캐시오	우리 장군님의 건강을 위하여!
몬타노	부관, 나도 한잔 할까요? 공평하게 마셔야지요.
이아고	아, 기분 좋은 잉글랜드! (노래한다.)

> 스티븐 왕은, 랄랄라―훌륭한 분이기에
>
> 겨우 1크라운짜리 반바지를 입으시고
>
> 6펜스가 너무 비싸다며
>
> 재봉사를 촌뜨기라 욕하시네.
>
> 그분은 지체가 높지만
>
> 댁들은 지체가 낮디 낮으니,
>
> 과시하다가 나라를 망치지 않도록
>
> 누더기 망토를 걸쳐라.

어이, 포도주 한 잔 더!

캐시오	맙소사, 첫 번째 노래보다 훨씬 낫군.
이아고	한 번 더 부를까요?
캐시오	아니, 그런 짓을 하면서 한자리 꿰찬 놈들이라면 쓸모가 없어. 그러니까 흠……. 하느님께 맡겨야지.
	구원받아 마땅한 영혼도 있고
	구원받지 못할 영혼들도 있을 터이니.
이아고	맞습니다, 부관님.
캐시오	장군님과 높으신 분들 마음을
	불편하게 할 의도는 없지만, 나도 구원받고 싶어.
이아고	저도 그렇습니다, 부관 나리.
캐시오	그래, 허나 미안하지만 나보다 앞서 받지는 마.
	자고로 부관이 기수보다 먼저 구원받아야지. 이 얘기는
	이제 그만하고 일 얘기나 하지. 하느님께서 우리 죄를
	용서하시길! 여러분, 각자 임무로 돌아갑시다.
	내가 취했다고는 생각 마시게들.
	여기 이 사람은 내 기수, 이 손은 오른손, 이 손은 왼손.
	안 취했군. 똑바로 설 수도 있고 말도 똑바로 하는군.
모두들	그렇습니다. 멀쩡하십니다!
캐시오	그래, 아주 좋아. 내가 취했다고 오해하기 없소이다.
	(퇴장)
몬타노	제군들, 포좌로 돌아-가! 각자 배치 받은 곳으로 이동!
	(신사들 퇴장)
이아고	방금 나간 사람을 보셨지요?
	카이사르의 오른팔이 되어

지휘를 해도 될 명장입지요. 헌데 잘 살펴보면

춘분에 낮과 밤의 길이가 정확히 같듯이,

저자도 결점이 장점만큼 많은 사람이지요. 안쓰러워서, 원.

오셀로 장군님께서 저자를 믿으시다가

뼛속 깊이 잠재된 그 결함이 혹시라도 드러나서

이 섬에 동요가 일어날까 봐 염려됩니다.

몬타노　자주 그런단 말인가?

이아고　그분은 매일 밤 취침 전에

술로 의식을 치르다시피 합니다요.

술로 요람을 흔들지 않으면 말똥말똥한 눈으로

시계가 두 번 돌아가는 모습을 지켜보겠지요.

몬타노　장군님께서 미리 알고 계시는 편이 낫겠군.

아마 아직 눈치채지 못하셨을지도,

장군님의 어진 품성 때문에

캐시오의 외양에 드러난 미덕만 평가하시고

해로운 면은 보지 못하셨을 수도 있으니까.

그렇지 않은가?

(로더리고 등장)

이아고　(낮은 목소리로) 어찌된 겁니까, 로더리고 선생?

장교님을 뒤따라가세요, 어서!

(로더리고 퇴장)

몬타노　고결하신 무어 님께서 그런 고질적인 결함이 있는 자를

부관으로 삼는 모험을 하시다니

안타깝기 그지없군.

무어 님께 말씀드리는 것이 적절한 처사라고

생각되는구먼.

이아고 저라면 이 아름다운 섬을 통째로 준다고 해도

입을 다물겠습니다. 캐시오 님을 무척 아끼는 터라 차라리

그 결점을 고치도록 도우려고 하는데…….

("사람 살려! 사람 살려!")

헌데, 들리십니까? 무슨 소리지요?

(캐시오 등장, 로더리고를 쫓는다.)

캐시오 엿 먹어라, 이 사악한 놈아, 불한당 같으니라고!

몬타노 무슨 일이오, 부관?

캐시오 어떤 멍청한 녀석이 날 가르치려 들지 않겠소?

고리버들로 짠 술병으로 패 주겠어!

로더리고 절 때린다고요?

캐시오 이 사악한 자식, 어디 주둥이를 놀려? (로더리고를 친다.)

몬타노 부관, 그를 때리지 마시오.

글쎄 좀 참으시오. (캐시오를 말린다.)

캐시오 이거 놓지 않으면 대갈통을 날리겠소.

몬타노 자, 그만하시오. 취했소.

캐시오 취하다니?

(몬타노와 캐시오가 싸운다.)

이아고	(로더리고에게 방백)
	가세요, 가.
	가서 폭동이 일어났다고 소문을 내요.
	(로더리고 퇴장)
	아니, 충직한 부관님! 세상에, 신사님께서도.
	어이, 도와줘! 부관님, 몬타노 경, 병사들, 도와 달라니까!
	야간 보초 한번 끝내주게 서네! (종이 울린다.)
	누가 종을 울리나? 이런 젠장!
	마을이 소란스러워질 겁니다. 저런, 저런, 부관님.
	이 일은 두고두고 오명으로 남을 거예요.

(시종과 함께 오셀로 등장)

오셀로	무슨 일이오?
몬타노	여전히 피를 흘리잖아.
	치명상을 입었어. 내 저놈을 죽여 버리겠어!
오셀로	살고 싶으면 당장 멈추시오!
이아고	부관님, 몬타노 경, 신사 여러분, 모두 멈추십시오!
	체통에 맞는 예의와 의무를 모두 잊으셨습니까?
	그만들 하시지요! 장군님 명령입니다.
	그만. 낯부끄러워서, 원!
오셀로	아니, 무엇 때문에 벌어진 일이란 말이오?
	다들 터키 인으로 돌변하신 게요?
	오토만족이 못하도록 하늘이 막은 것을

우리가 저지른단 말이오?

기독교인의 수치요. 이 야만스러운 싸움을 멈추시오.

화를 참지 못해 가장 먼저 칼날을 휘두르는 자는

제 목숨을 가벼이 여기는 것으로 알겠소.

꼼짝했다간 목이 달아날 거요.

저 소름끼치는 종소리를 멈춰라.

사람들이 겁을 먹을지도 모르니.

제군들, 뭐가 문제인지 말해 보라.

정직한 이아고, 자네 표정이 어찌 그리 침통해 보이는가?

말해 보라, 누가 분란을 일으킨 것인가?

날 아껴 주는 자네에게 묻겠네.

이아고   모르겠습니다. 방금, 아주 방금 전까지만 해도

한데 어울려 서로 벌거벗은 신랑, 신부처럼

얘기를 나누고 있었는데

갑자기 하늘의 행성이 사람들의 혼을 쏙 빼놓더니

칼을 빼 들고 서로의 가슴에 들이밀면서

혈투를 벌였습니다. 이 무모한 싸움을

처음 시작한 자가 누구인지는 밝히지 못하겠습니다.

차라리 이 싸움에 끼어들게 한 두 다리를

전장에서 잃고 명예를 지키는 편이 낫겠습니다.

오셀로   마이클 부관, 어찌 그렇게 자제력을 잃을 수 있단 말이오?

캐시오   죄송합니다, 장군님. 말씀드릴 수가 없습니다.

몬타노   고결하신 오셀로님, 저는 치명상을 입었습니다.

기수인 이아고가 장군님께 말씀드릴 수 있습니다.

저는 말을 할 때마다 통증이 느껴져서

말을 아껴야겠습니다.

제가 아는 바로는 오늘 밤 저의 언행에는

잘못된 바가 전혀 없습니다.

누가 사납게 덤벼들 때 방어를 한 죄밖에는 없습니다.

오셀로 이거 정말 큰일이군.

내 피가 방어벽을 뚫고 치솟아 오르려 하오.

남아있는 판단력이 모두 아득해지고

온통 분노로 휩싸일 듯하오. 망할!

내가 검을 휘두르거나 이 팔뚝을 들어 올리기라도 하면

여러분 모두가 내 힐책에서 벗어나지 못할 것이오.

이 추한 싸움이 어떻게 시작되었는지, 누가 일으켰는지,

혐의가 있다고 밝혀진 자는 한 배에서 난 내 쌍둥이라도

개의치 않고 관계를 끊어 버리겠소.

세상에, 전쟁이 막 끝나서 아직 혼란스러운 이 섬에서,

두려움이 남은 마당에 사사로운 일로 싸움을 벌이다니?

그것도 밤에, 궁중에서,

야간 보초를 선 사람들이 말입니까?

터무니없습니다. 이아고, 싸움을 시작한 자가 누군가?

몬타노 자네가 직무상 가까이 지낸다거나 얽혀 있다고 해서

진실을 과장하거나 축소해서 말한다면

진정한 군인이 아닌 줄 알게.

이아고 너무 그리 바짝 몰아붙이지 마십시오.

마이클 캐시오 님에게 해를 끼치느니

차라리 혀를 입 밖으로 꺼내 싹둑 잘라 버리겠습니다.

허나 사실을 말한다고 해서

그분께 해가 될 일은 전혀 없을 겁니다.

상황은 이러합니다, 장군님.

몬타노 경과 제가 얘기를 나누고 있었는데

어떤 녀석이 큰 소리로 도움을 청했고

캐시오 님은 칼을 휘두르며 그를 죽이려고

쫓아가지 않겠습니까?

이 신사께서 캐시오 님을 막아서며 그만하라고 말리셨고

저는 도와달라고 소리치던 녀석을 쫓아갔습니다.

그 녀석 때문에 마을 사람들이 놀랄까 봐,

결국은 그리되고 말았지만 막으려 했습죠.

어찌나 줄행랑을 치던지

따라잡지 못하고 급히 돌아왔습니다.

칼이 위아래로 부딪히는 소리가 났거든요.

부관께서 큰 소리로 욕을 내뱉으셨어요.

부관님이 욕하시는 것을 단 한 번도 들어 보지 못했어요.

돌아오니 아주 잠깐 사이에 두 분이 딱 붙어서는

검을 주거니 받거니 하는데, 두 분을 떼어 놓으려는데도

딱 붙어서 안 떨어지시더라고요.

이 이상은 더 이상 아뢸 수가 없습니다.

우리는 한낱 인간인지라

화가 나면 자신이 가장 아끼는 이도 때리지요.

부관님이 실수로

오로지 자신을 돕고자 했던 몬타노 경을 해쳤지만

제 생각에는 도망친 그놈이

캐시오 님을 지독히도 불쾌하게 한 탓에

그냥 넘어가지 못하신 게 아닐까 합니다.

오셀로　이아고,

자네가 정직함과 정으로 캐시오의 죄를 덜어 주려고

이 일을 가벼이 평하는 것으로 알겠네.

캐시오, 나도 그대를 아끼지만

앞으로 내 부관 일은 두 번 다시 할 수 없을 것이네.

(데스데모나, 시종과 함께 등장)

보시게, 다정한 내 사랑이 깨버렸구먼!

그대를 본보기로 삼겠네.

데스데모나　무슨 일인가요?

오셀로　모두 잘 해결되었소, 내 사랑.

침소로 들어가요. (몬타노에게) 경, 부상은

내 주치의에게 치료받을 수 있도록 해 주겠소.

이분을 모셔라.

(몬타노가 실려 나간다.)

이아고, 가서 마을 사람들을 진정시키고

이 사악한 싸움으로 소란스러웠던 이들도 조용히 시키게.

데스데모나, 갑시다. 군인의 삶이 이렇소.

골칫거리 탓에 곤하게 들었던 잠을 깨워야 하지요.

(이아고와 캐시오만 남고 모두 퇴장)

이아고　아니 부관님도 다치셨습니까?

캐시오	그렇소만 치료는 물 건너갔구려.
이아고	세상에 그럴 리가요!
캐시오	명예, 명예, 명예! 오, 내 명예를 잃고 말았어.
	영원히 죽지 않을 내 일부를 잃다니.
	이제 난 짐승에 불과해. 내 명예는, 이아고, 내 명예는!
이아고	저는 순진한 사람입니다. 부상을 입으신 줄 알았어요.
	명예보다는 상처가 더 아프실 터인데.
	명예는 그저 쓸모도 없고 잘못 얻어진 것일 뿐입니다.
	업적이 없어도 쌓이고
	합당한 실책을 저지르지 않았는데도 잃게 되지요.
	스스로를 낙오자라고 자책하지만 않는다면
	명예를 잃지 않은 셈이지요.
	보세요, 장군님 마음을 되찾을 방법이 있어요.
	기분이 상하셔서 파직된 것뿐입니다.
	방침에 따라 그리한 것이지
	악의가 있어 그러신 게 아니잖습니까?
	위협적인 사자를 겁주려고
	죄 없는 자기 개를 때리는 꼴에 불과하지요.
	가서 다시 빌어 보십쇼.
	그분 마음을 얻을 수 있을 것입니다.
캐시오	나처럼 주정뱅이에다 쓸모없고 분별력 없는 사람을
	받아 달라고 장군님을 속이며 청하느니 차라리
	나를 경멸해 달라고 빌겠어.
	취하다니? 생각 없이 함부로 입을 놀려? 싸움질을 해?

게다가 허풍을 떨며 활보까지? 욕지거리에

내 그림자에다 대고 목에 핏대를 세우며 고함치다니!

오, 보이지 않는 포도주의 정령이여,

그대에게 붙여진 이름이 아직 없다면 악마라 부르리라!

이아고   칼을 들고 쫓아간 그 사람이 도대체 누굽니까?

당신에게 무슨 짓을 한 겁니까?

캐시오   몰라.

이아고   말이 됩니까?

캐시오   전체적으로는 기억이 나는데 구체적으로 생각이 안 나.

싸운 기억만 나고 왜 싸웠는지는 모르겠어. 오, 사람들은

왜 원수를 입에다 넣고 정신을 잃는지 모르겠어!

즐기고 좋아서 실실대고

흥청거리고 박수를 쳐 대면서

왜 스스로 짐승이 되려는지 모르겠다고!

이아고   그것 참! 이제 좀 괜찮아 보이네요.

어찌 이리 나아지셨습니까?

캐시오   빌어먹을 분노가 치밀어 오르는 바람에

빌어먹을 취기가 사그라졌지.

결점 하나에 또 다른 결점이 엉겨 붙다니,

내 자신이 죽도록 싫어지는구면.

이아고   진정하세요. 그리 심한 도덕적 잣대를 들이대시다니요.

시기나 장소, 이 나라가 처한 상황을 감안했을 때

당신에게 이런 일이 벌어지지 않았으면 하고

내 진심으로 바라지만.

이게 현실이니 자신을 위해서라도 바로잡는 수밖에요.

캐시오 다시 복직시켜 달라고 부탁드려도 장군님께서는

나를 주정뱅이라 부르실 게야.

내가 히드라처럼 입이 많아도

그런 대답 앞에서는 입을 틀어막을 수밖에.

한때 이성적이었던 나도,

바보가 되고 급기야 짐승이 되다니!

오, 기묘한 일이야! 넘치는 술잔은 모두 저주 받았다.

술을 빚는 재료에도 마귀가 들린 게야!

이아고 자, 자, 잘만 활용하면 포도주는

좋은 벗이 되어 줄 수도 있지요.

술 탓은 이제 그만 하십시오. 헌데 충직한 부관 나리,

알다시피 저는 부관께 아주 호의적인 사람입니다.

캐시오 익히 잘 알다마다. 내가 주정뱅이처럼 굴다니!

이아고 원 사람도, 누구든 살면서 취하기 마련이지요.

뭘 해야 할지 제가 알려 드리지요.

이제는 우리 장군님의 부인께서 진짜 장군이십니다.

이렇게 말하는 이유는

장군님이 넋을 잃고 부인을 바라보기도 하고

인품과 미덕을 살피고 표징을 남기는 일에

헌신하시기 때문이지요.

부인께 털어놓고 복직하도록 도와 달라고 졸라 보십쇼.

부인은 참으로 관대하시고, 어질고,

선의를 베푸는 일에 적극적이시고,

천성이 성스러운 분입니다.

심지어 자신이 부탁받은 일 그 이상을 베푸는 것을

미덕으로 여기시지요. 부관님과 장군님 사이에

금이 간 관계에 부목을 대어 달라고 간청하세요.

두 사람의 호의에 생긴 금이

전보다 단단하게 굳어질 것이라는 패에 제 운을 걸지요.

캐시오 훌륭한 조언이야.

이아고 부관님을 좋아하고 존경해서 돕는 것입니다.

캐시오 그 말은 굳게 믿지. 아침 일찍,

고결한 데스데모나 부인을 찾아뵙고 애원해 보리다.

운명이 나를 막아서면 절망만 남을 테지.

이아고 그러십시오. 안녕히 주무십시오, 부관님.

전 보초를 서야겠습니다.

캐시오 좋은 밤 되구려, 정직한 이아고.

(캐시오 퇴장)

이아고 누가 나더러 악마라고 부를 수 있을까?

이토록 허심탄회하고 정직하고 그럴듯한데,

무어 녀석의 마음까지 다시 얻을 수 있는

조언을 해 주는데? 순수한 간청으로

데스데모나를 굴복시키는 일보다 쉬운 건 없을 거야.

자유로운 성품만큼 선의도 하염없이 베풀 테니까.

게다가 무어 녀석은

죄로부터의 구원을 봉인하고 상징하는

세례에 등을 돌릴 정도로

그 영혼이 사랑이라는 족쇄에 단단히 채워졌으니,

데스데모나도 이랬다저랬다 마음대로 할 수 있을 테고,

정력이 떨어진 오셀로는 본능의 노예가 되어

그녀를 향한 욕망을 신이라도 되는 양 떠받들겠지.

캐시오도 이득을 보고

다른 일도 나란히 진행할 방법을 알려 주는데

어찌 날 악마라 부르겠어? 이것이 지옥 신학이야!

마귀가 엄청난 죄를 저지를 때는

처음에는 나처럼 천사의 가면을 쓰겠지.

저 순진한 바보가 데스데모나에게

팔자를 고쳐 달라고 빌고,

데스데모나는 저 무어 놈에게 열심히 청하는 동안

나는 자기 욕정을 채우려고

캐시오의 일을 열심히 부탁한다고

무어의 귀에 독을 들이부어야지.

그녀가 호의를 베풀려고 안간힘을 쓰면 쓸수록

무어 녀석에게 신뢰를 잃겠지.

그런 식으로 데스데모나의 미덕을

시커먼 송진으로 만들고,

그녀의 선의로 저들 모두가 걸려들게 할

올가미를 짜는 거야.

(로더리고 등장)

어찌되신 것이오, 로더리고 선생?

로더리고　　내 여기까지 쫓아오기는 했지만

사냥하는 개 한 마리가 아니라

사방이 떠들썩해지도록 짖으러 온 게지.

돈은 바닥이 났고 오늘 밤 내내 아주 심하게

몽둥이로 두들겨 맞았다고.

결론은 아팠던 만큼 견문은 많이 넓혔네.

그래서 베니스로 돌아가려는데, 내 비록 거지 신세지만

교훈은 좀 얻고 가네.

이아고 인내심이 그 정도밖에 안되다니 참으로 딱하시군요!

상처란 자고로 서서히 낫는 법이지요.

우리가 머리로 일하지 무슨 마술을 부린답니까?

머리로 해결하려면 당연히 시간이 걸릴 수밖에요.

일이 잘 안 풀린다고요? 캐시오한테 조금 얻어맞고

그리 작은 희생을 치르고도

캐시오를 파면할 수 있었잖습니까?

모든 일들이 태양빛을 받아 잘 자라고 있어요.

그래도 가장 먼저 핀 꽃이 결실도 먼저 맺는 법이지요.

당분간 좀 쉬시지요. 세상에, 벌써 아침입니다.

뭐든 즐기면서 하면 시간이 훨씬 빨리 흐르지요.

쉬세요. 배치 받은 숙소로 돌아가세요.

어서 가시라니까요.

차후에 어찌 되었는지 알게 되실 겁니다.

글쎄, 빨리 가시라니까요.

(로더리고 퇴장)

할 일이 두 가지 생겼군.

캐시오가 데스데모나에게 갈 수 있도록 도와야겠어.

마누라를 미리 준비시켜야지.

그사이 나는 무어 녀석을 따로 떼어 놓았다가

그가 자기 마누라에게 간청하는

캐시오의 모습을 발견할 만한 자리에

정확히 데려가는 거야. 그래, 그럼 되겠군.

관심을 늦추거나 지체하다가 일을 굼뜨게 하지 말자고.

(퇴장)

제3막

제1장

사이프러스 섬, 성 앞

(캐시오와 몇몇 악사들 등장)

캐시오   악사 여러분, 여기에서 연주하도록.

고생한 대가는 치르겠네.

간단한 음악으로 해 주시게.

"아침 인사 여쭙겠나이다."라고 하면서.

(연주한다. 광대 등장)

광대   거 참 이보시오들, 댁들 악기는 나폴리 출신[6]이라

코로 연주하나 보우?

---

6) 나폴리는 음란하고 성병이 퍼진 도시. 광대는 악사들의 연주를 성병 환자의 코맹맹이
   소리에 빗대어 조롱하고 있다.

악사	네, 선생? 뭐라 하셨습니까?
광대	이게 관악기냐 묻는 게지요.
악사	아, 네 그렇습니다, 선생.
광대	어허, 그래서 거시기가 덜렁거렸구먼.
악사	무엇 때문이라고 하셨습니까, 선생?
광대	거 참. 방귀 뀌는 악기 근처에
	웬만하면 달려있는 것 말이오.
	여기 돈 받으쇼. 헌데 장군님이
	음악이 아주 좋아서 계속 듣고 싶지만,
	사랑하는 분을 생각하셔서 연주를 멈추라 하셨소이다.
악사	아. 그리하지요, 선생.
광대	혹시 안 들리는 음악이 있으면 연주해도 좋소.
	허나 내 말했다시피 지금 장군께서는
	영 음악 들을 기분이 아니시거든.
악사	그런 음악이 어디 있소?
광대	그럼 악기를 가방에 넣으시오. 난 가 보겠소.
	댁들도 가쇼, 공기 중으로 사라지시오, 훠이!
	(악사들 퇴장)
캐시오	들리시오, 정직한 내 친구?
광대	정직한 친구 목소리가 아니라,
	당신 목소리가 들리는구먼.
캐시오	부디 투덜대지 마시오.
	얼마 안 되지만 여기 금화 받으시오.
	장군님 부인을 모시는 분이 깨면

캐시오가 얘기를 좀 나누고 싶어 한다고 전해 주시오.

해 주시겠소?

광대   부인은 깨셨소, 선생.

부인이 이쪽으로 오시면, 말을 전하지요.

(광대 퇴장, 이아고 등장)

캐시오   이 사람, 착한 내 동무. 마침 잘 만났소, 이아고.

이아고   침소에는 아니 드셨습니까?

캐시오   아니, 안 들었습니다. 우리가 헤어지기도 전에

동이 텄잖소. 이아고, 내 대담하게

자네 부인에게 부탁했소.

고귀하신 데스데모나 부인을 뵐 수 있도록

자네 부인이 주선해 달라고 부탁했소이다.

이아고   제 처에게 당장 전하지요.

그리고 무어 님도 모실 수 있도록 수를 써 보겠습니다.

그러면 그 일을 더욱 공개적으로 논할 수 있겠지요.

캐시오   이것 참 황송하고 고맙구먼.

(이아고 퇴장)

에밀리아   안녕하세요, 부관님. 불미스러운 일을 겪으셔서

유감이어요. 그래도 다 잘 되리라 믿어요.

장군님과 부인께서 얘기를 나누고 계십니다.

아주 강하게 호소하고 계신답니다.

무어 님은 부관님께서 부상을 입힌 분이

사이프러스에서 명성이 자자하신데다
가까운 분들도 많아서,
여러 정황상 부관님의 복귀를
거절할 수밖에 없다고 답하셨어요.
하지만 부관님을 여전히 아끼시고,
별도의 청이 필요 없을 정도로
부관님을 아무 문제없이 복귀시키려고
때를 기다리고 있다고 하십니다.

캐시오   허나, 부탁입니다.
폐가 안 된다면, 가능하다면
짧게나마 데스데모나 부인과
단 둘이서 얘기를 나눌 수 있게 해 주시오.

에밀리아   어서 들어오세요.
마음 편히 얘기를 나눌 만한 곳으로
안내해 드리겠습니다.

캐시오   당연히 말씀대로 해야지요.

(퇴장)

제2장

성안의 방

(오셀로와 이아고, 신사들 등장)

오셀로   이아고, 나를 여기로 데려다 준 선장에게
이 서신들을 전하고 베니스에 계신 의원님들께
나 대신 경의를 표해 달라고 전해 줘.
이제 다 되었군. 성벽을 둘러봐야겠어.
거기서 다시 만나지.

이아고   그리 하겠습니다, 장군님.

오셀로   경, 이쪽 요새를 둘러봅시다.

신사   예, 명을 따르겠나이다.

(모두 퇴장)

성 앞

(데스데모나와 캐시오, 에밀리아 등장)

데스데모나 충직한 캐시오,

최선을 다해 당신을 도울 테니 걱정 마세요.

에밀리아 관대하신 마님, 부탁드려요. 남편이 캐시오 님의 일로

마님의 비난을 받을까 봐 혼란스러워합니다.

데스데모나 오, 정직한 사람이군. 염려 마세요, 캐시오.

장군님과 당신이 예전처럼 잘 지내도록 힘써 보겠어요.

캐시오 덕이 많으신 부인,

이 마이클 캐시오에게 무슨 일이 일어나든

부인의 충직한 종이 될 것입니다.

데스데모나 알지요. 고맙습니다. 장군님을 많이 아껴 주시잖아요.

두 분이 오래 알고 지냈잖아요. 분명 장군님은

그저 정치적인 이유로

캐시오 님과 거리를 두는 것뿐입니다.

캐시오 그럼요, 하지만 부인.

그런 지혜란 것이 지속될 수도 있지만

얇고 축축한 것만 먹다가 없어질 수도 있고,

그때그때 다른 상황의 흐름만 따를 수도 있지요.

제가 자리를 비운 사이 다른 이가 그 자리를 채우면

장군님께서 제 애정과 경의를 잊으실지도 모르고요.

데스데모나 의심의 여지를 두지 마세요. 에밀리아 앞에서

당신의 복직을 보장하지요. 명심하세요.

저는 우정을 약속하면 할 수 있는 일은

다하는 사람입니다. 부군을 잠시도 내버려 두지 않고

인내심이 바닥날 때까지 계속 길들이고 말하겠어요.

침실은 학교처럼, 탁자는 고해소처럼 느껴지겠죠.

캐시오 님에 관한 사안이라면 빠짐없이 참견할 것입니다.

기운 내세요, 캐시오 님.

당신의 변호인은 간청을 포기하느니

차라리 죽는 편이 낫다고 여기니까요.

(오셀로와 이아고 등장)

에밀리아 마님, 부군께서 오십니다.

캐시오 부인, 저는 이만 물러가겠습니다.

데스데모나 아니, 여기 있다가 제가 하는 말을 들어 주세요.

캐시오 부인, 지금은 힘들겠습니다. 제가 꾸민 일 때문에 마음이 무척 편치 않습니다.

데스데모나 그럼, 편한 대로 하세요.

(캐시오 퇴장)

이아고 아, 마음에 안 드는구먼.

오셀로 뭐라 했는가?

이아고 아닙니다, 장군님. 알아도, 저는 모르는 일로 해야지요.

오셀로 내 아내와 있다가 물러간 자가 캐시오인가?

이아고 캐시오 님 말입니까, 장군님? 모르겠습니다. 제가 알기로 캐시오 님은 장군님이 오시는 모습을 보면서도 저리 죄 지은 얼굴로 달아나 버릴 분이 아니지요.

오셀로 그가 분명 맞아.

데스데모나 어쩐 일이세요, 장군님?
방금 여기서 한 청원자와 이야기를 나누었습니다.
장군님의 노여움을 사서 버림받은 분이지요.

오셀로 누구 말씀이오?

데스데모나 부관인 캐시오 님이요. 어지신 장군님,
제게 당신을 움직일 수 있는 덕과 힘이 있다면
그와 당장이라도 화해하게 할 것입니다.
그는 당신을 진정으로 위하는 사람입니다.
잘 몰라서 저지른 실수지 교활해서 저지른 것이 아닙니다.
순수한 얼굴을 보면 알 수 있습니다.
부탁이니 그를 복귀시키세요.

오셀로 방금 나간 사람이 캐시오인가?

데스데모나 네, 정말이지 심하게 기가 죽어서

그 침통한 기분에 저도 덩달아 슬퍼졌어요.

사랑하는 여보, 그를 복직시키세요.

오셀로 다정한 데스데모나, 지금은 안 되오. 나중에 그리 하지요.

데스데모나 조만간 그리 해 주실 거죠?

오셀로 조만간, 여보, 당신을 생각해서.

데스데모나 오늘 저녁 식사 때요?

오셀로 아니, 오늘 밤에는 안 될 거요.

데스데모나 그럼 내일 저녁 식사 때는 어떠세요?

오셀로 내일은 집에서 저녁을 먹지 않소.

요새에서 몇몇 지휘관을 만나야 하오.

데스데모나 그러면 내일 밤이나 화요일 아침은요.

화요일 정오나 밤도 좋고 수요일 아침도 괜찮아요.

제발 날만 정하세요. 그래도 사흘은 넘기지 마세요.

정말이지, 그는 반성하고 있어요.

상식적으로 생각해 보면 그가 저지른 짓은,

물론 전시에는 누구보다 훌륭한 병사도

본보기 삼을 필요가 있지만,

사사로운 문책도 필요 없는 일이었어요.

언제 복직시켜 주실 건가요?

오셀로, 말해 줘요. 정말이지 당신이 부탁한 일을

제가 거부하거나 고민하느라 머뭇거리는 일은

상상조차 할 수 없어요. 뭔가요?

당신이 제게 구애하러 왔을 때

마이클 캐시오 님도 거기 있었잖아요.

게다가 제가 당신에 대해 인색한 평가를 할 때에도

그는 정말 수도 없이 당신 편을 들어줬다고요.

그를 복직하는 데 제가 이리도 소란을 피워야 하나요?

맹세컨대, 전 훨씬 더 심하게-

오셀로 아, 제발 그만하오. 그가 원하면 언제든지 복직할 수 있소.

내 어찌 당신 부탁을 거부하겠소.

데스데모나 아니, 이건 부탁이 아니에요.

이건 마치, 장갑을 끼세요라든가,

영양가 있는 식사를 하세요, 몸을 따뜻하게 하세요,

자신에게 이득이 되는 일을 하라고

간청을 하는 것과 같지요. 당신의 애정을

시험이라도 할 작정이라면

중대하면서도 생각하기도 힘든 일이나

받아들이기도 끔찍한 일을 잔뜩 청하겠지요.

오셀로 당신 부탁인데 무엇인들 거절할 수 있겠소.

그러니 내 청도 들어주시구려.

아주 잠깐 혼자 있도록 허락해 주시겠소?

데스데모나 어찌 거절하겠어요? 당연히 청을 들어드려야죠.

그럼, 이만 물러가겠습니다, 장군님.

오셀로 잘 가요, 나의 데스데모나. 내 곧장 그대에게 가겠소.

데스데모나 에밀리아, 가자. 마음대로 하세요.

무얼 하시든지 저는 순종하겠나이다.

(데스데모나와 에밀리아 퇴장)

오셀로	깜찍하기가 하늘을 찌르는구먼! 영혼까지 아스러져.
	그래도 그대가 너무 좋구먼! 그대를 사랑하지 않으면
	다시 혼란스러워질 게야.
이아고	고결하신 장군님.
오셀로	무슨 할 말이 있는가, 이아고?
이아고	데스데모나 마님께 구애를 하실 때 마이클 캐시오 님도
	장군님이 사랑에 빠진 사실을 알았습니까?
오셀로	그랬지. 처음부터 끝까지 쭉.
	그건 왜 묻는가?
이아고	그저 궁금해서 여쭤 보았습니다.
	아무 일도 아니옵니다.
오셀로	그것이 왜 궁금한가, 이아고?
이아고	캐시오 님이 마님과 아는 사이인 줄은 몰랐습니다.
오셀로	오, 아는 사이지.
	데스데모나와 나 사이를 자주 오고 갔으니까.
이아고	정말입니까?
오셀로	정말이냐고? 그럼, 정말이지! 뭐 잘못되기라도 했는가?
	그 사람 정직하지 않은가?
이아고	정직하다고요, 장군님?
오셀로	정직하지, 그럼. 정직하고말고.
이아고	제가 아는 한에서는 그렇습니다.
오셀로	무슨 생각을 하는가?
이아고	생각 말입니까, 장군님?
오셀로	'생각 말입니까, 장군님?'이라니?

세상에, 마치 너무 끔찍해서

보여줄 수 없는 괴물이라도 자네 머릿속에 들어있는 양

내 말을 그대로 메아리치는가? 분명 뭔가 있어.

바로 방금 전에도 캐시오가 내 아내에게서 물러날 때

별로 좋지 않다는 등 자네가 뭔가 말하지 않았나?

뭐가 안 좋은 건가?

게다가 내가 구애를 하는 내내

캐시오가 자문해줬다고 말했을 때도

"정말입니까?"라고 고함을 질렀잖아?

그리고선 마치 뭔가 소름끼치는 생각을 뿌리치려는 양

눈썹을 찡그리고 한데 오므리면서 주름을 그었어.

내게 호의가 있다면 자네 생각을 말해 주게.

이아고   장군님, 제가 장군님께 충성한다는 건

장군님이 아십니다요.[7]

오셀로   자네를 알지.

정도 많고 아주 정직하고

입 밖으로 말 한마디 꺼내기 전에 심사숙고하는 걸 알지.

그러니 말해 주지 않는 자네가 더욱 두려울 수밖에.

올곧지 못하고 불충한 녀석이 그랬다면

늘 부리던 수작이려니 했겠지만,

공명정대한 자라면 전립선 비대증처럼 어찌할 바를 몰라

속으로만 끙끙대며 숨기지 않겠는가?

---

7) 베드로가 예수님에게 한 말과 같다. (요한복음 21장 15-17절 중에서)

이아고	마이클 캐시오는
	감히 맹세컨대, 그러니까 제 생각엔, 정직한 사람입니다.
오셀로	나도 그리 생각하네.
이아고	자고로 겉모습이 곧 그 사람을 말해 주지요.
	부정직한 사람은 절대 정직해 보이지 않습니다.
오셀로	물론이지. 자고로 겉과 속은 같은 것이야.
이아고	고로 캐시오는 정직한 사람인 것 같습니다.
오셀로	어허, 뭔가 더 할 말이 있는데?
	제발 자네 본심을 말해 주게나.
	곰곰이 생각해서 최악이다 싶은 것을 말해 봐.
	가장 추잡한 말이라 하더라도.
이아고	덕망 높은 장군님. 송구합니다만
	다른 모든 임무는 부여받았지만
	노예라면 누구나 부여받은 자유만은 제게 없습니다.
	제 생각을 말해요?
	아니, 사악하고 그릇된 생각이면 어쩝니까?
	추잡한 것들도 이따금씩 궁을 뚫고
	들어오지 않습니까? 불결한 생각 없이
	관직 후보 채택이며 법정 회의며 회기를 지킨답시고
	정당하게 쌓은 명성으로
	자리를 꿰찬 사람이 어디 있겠습니까?
오셀로	이아고, 자네의 벗을 계략에 빠지게 할 셈인가.
	벗이 잘못을 저지르고 있는데도 그의 귀를
	생전 처음 보는 것처럼 속마음을 귀띔하지 않을 것인가?

이아고	청컨대, 제가 혹시라도 사악한 짐작을 하더라도
	고백컨대, 저는 악행을 찾아다니거나
	너무 열심히 찾는 바람에 잘못이 없는데도 잘못을 만드는
	타고난 고질병이 있는 것이니,
	장군님의 지혜로 온전치 못한 추측들은
	무시하시고 저의 어지럽고 불확실한 관찰 때문에
	괜한 고충만 늘리지 마십시오.
	제 생각을 아뢰는 것은 장군님의 평온과 안위에도,
	제 용기와 정직과 지혜에도 득 될 것이 하나도 없습니다.
오셀로	무슨 소린가?
이아고	친애하는 장군님, 명성이란 남녀 누구에게나
	아주 가까이서 영혼을 보석처럼 빛나게 합니다.
	지갑은 도둑맞으면 쓰레기에 불과합니다.
	그저 시시할 뿐이지요.
	내 것이었다가, 저 사람 것이었다가,
	노예처럼 수천 명을 거쳤겠지요.
	하지만 명성을 도둑맞으면
	훔친 자는 부자가 되진 않지만
	도둑맞은 자의 삶은 궁핍해지겠지요.
오셀로	원, 세상에! 자네 속마음을 알아내고야 말겠네.
이아고	알아내실 턱이 없지요. 제 심장을 손에 쥐고 계셔도
	관리는 제가 하는 한 알아낼 방도가 없으실 겁니다.
오셀로	하!
이아고	장군님, 질투가 무엇인지 아셔야 합니다!

제 먹이를 장난감처럼 괴롭히는

탐욕스러운 괴물이지요.

오쟁이진 남편도 행복하게 살 수는 있습니다.

왜냐하면 마누라랑 잔 놈과는

살아생전 가깝게 지내진 않을 테니까요.

하지만, 오! 마누라를 끔찍이 사랑하지만 믿지는 못하고,

의심하면서도 열렬히 사랑하는 자에게

그 더딘 세월은 고통스러울 것입니다.

오셀로   오, 비참하겠지!

이아고   가난하지만 만족하며 사는 사람은 부자입니다.

큰 부자이지요.

허나 무한한 부를 누리는 사람은 겨울만큼 가난합니다.

가난해질까 봐 두려움에 떨기만 하니까요.

선하신 하늘이여, 우리 인간의 영혼을

질투로부터 보호해 주소서.

오셀로   아니, 왜 그런 소릴 하는가?

달이 조금씩 기울 때마다

내가 의심에 의심을 거듭하기라도 한단 말인가?

아니야. 내가 조금이라도 그랬다면

의심을 풀어야지. 자네의 추리를 조목조목 맞춰 보면서

터무니없고 부풀려진 추측에 내 정신을 팔 바에는

차라리 염소가 되겠네.

내 아내가 예쁘고, 잘 먹고, 사교적이고, 언변도 좋고,

노래와 연주, 춤에도 소질이 있다고

자네가 말해도 샘나지 않아.

이미 정숙한데다 재주까지 있으면 더욱 덕이 쌓이겠지.

내 자격지심으로 그녀가 변심할까 봐

두려워하고 의심하진 말아야지.

데스데모나가 나를 택할 때 정신을 바짝 차렸을 테니.

아니야, 이아고. 의심을 하려면 직접 본 후에 하겠네.

의심이 들면 증거를 찾아야지.

증거를 찾으면 남은 일은 하나.

사랑이고 질투고 죄다 당장 거두어 버릴 테다.

이아고 그 말을 들으니 기쁩니다. 저도 더욱 숨김없이

호의를 베풀고 의무에 임할 수 있으니까요.

고로 본연의 임무로 돌아가, 한 말씀 아뢰옵니다.

증거가 없는 이야기입니다.

마님을 잘 보십시오.

캐시오와 함께 있는 모습을 눈여겨보십시오.

그 눈에 질투심도 담지 말고 온전한 믿음도 담지 마십시오.

저는 장군님의 타고난 선의에서 비롯된

너그럽고 고결한 성품이 이용당하길 원치 않습니다.

그 점을 조심하십시오.

저는 베니스인의 기질을 잘 알지요.

베니스인이 음란한 장난을 치면, 하느님께는 고백해도

남편에게는 절대 침묵하지요. 그들에게 양심이란

들키지 않으려 애쓰는 것이지,

죄짓지 않으려 애쓰는 것이 아니지요.

오셀로	그게 정말 사실인가?
이아고	마님은 장군님과 혼인할 때도 아버지를 속였지요.
	장군님의 모습을 보고 부들부들 떨며
	두려워하는 것 같았지만 실은 무척 좋아하셨잖아요.
오셀로	그랬지.
이아고	거 보세요. 그러셨다니까요.
	마님께서는 어리지만 그럴듯한 모습으로
	부친의 눈을 오크나무로 감싼 듯 봉인해서는
	주술로 착각하게 했지요. 이제 저를 나무라셔도 좋습니다.
	장군님을 끔찍이 아끼는 마음에
	이리 무례를 범하였으니 부디 용서해 주십시오.
오셀로	내 자네에게 평생 갚지 못할 빚을 졌어.
이아고	기분이 조금 상하신 듯합니다.
오셀로	전혀, 전혀 그렇지 않아.
이아고	분명합니다. 기분이 상하셨어요.
	모두 장군님을 아끼는 마음에 드린 말씀이라
	여겨 주십시오. 허나 힘겨워 보이십니다.
	청하옵건대, 제 얘기를 지나치게 왜곡하거나
	원래의 의혹을 크게 부풀리진 않으셨으면 좋겠습니다.
오셀로	그러지 않겠네.
이아고	장군님, 혹시라도 그러시면
	제 의도와는 관계없이 일이 안 좋게 풀릴 수도 있습니다.
	캐시오 님은 저의 훌륭한 벗입니다.
	장군님, 기분이 나쁘시군요.

오셀로	아닐세, 그리 나쁘진 않아.
	그저 데스데모나가 정직하리란 생각뿐이네.
이아고	정직하고말고요. 그리 생각하시고 오래오래 사십시오.
오셀로	허나 본성이 있어도, 벗어날 수도 있으니―
이아고	옳지, 바로 그겁니다. 툭 털어놓고 말씀드리자면,
	부인께서는 고향도, 피부색도,
	지위도 같은 사내들의 구혼을 여지없이 모두 마다했지요.
	본성대로라면 끌릴 법한 조건입니다.
	푸! 그런 음탕한 욕구와 역겨운 모순과 기괴한 생각에서
	무슨 냄새가 날 법도 한데요.
	허나 송구스럽게도, 제가 마님에 대해 구체적으로
	말씀드릴 입장은 아니지요. 그래도 혹시
	부인의 현명한 판단력이 욕망에 자리를 내주고,
	장군님과 고향에서 온 사내들을 비교하게 될까 봐
	염려가 되어 말입니다.
오셀로	어서 가보게나. 어서.
	혹시 더 알게 되면 귀띔해주게.
	자네 마누라에게 잘 살피도록 지시하고.
	날 혼자 내버려두게, 이아고.
이아고	그럼 저는 이만 가 보겠습니다, 장군님.
	(이아고 퇴장)
오셀로	(방백) 결혼을 뭐하러 했을꼬?
	이 정직한 사람은 분명 내게 말해준 것보다
	더욱 많이, 훨씬 많이 보고, 또 알고 있어.

이아고	(재등장) 장군님, 청하건대 부디
	그 일을 곱씹지 마십시오. 시간에 맡기십시오.
	캐시오의 복귀는 적절한 처분입니다.
	능력이 뛰어나니까요.
	허나, 당분간 그를 멀리 하시고 캐시오가 어떤 사람인지,
	본래의 목적은 무엇인지 알아보십시오.
	부인께서 아주 열렬하게 매달리며
	얼마나 복귀를 청하는지 눈여겨보십시오.
	그러면 많은 것을 파악할 수 있을 것입니다. 그동안
	저는 겁을 잔뜩 먹은 상태라 여겨 주세요.
	당연히 겁먹을 수밖에 없지요.
	그리고 부디, 마님이 결백하다는 생각은 잃지 마시고요.
오셀로	내가 어찌 처신할지는 걱정 말게나.
이아고	그럼 한 번 더, 이만 가 보겠습니다.
	(이아고 퇴장)
오셀로	저 친구는 무척 정직한 데다
	동태만 살펴봐도 모두 파악할 정도로
	사람을 꿰뚫어 본다니까.
	그녀의 발목 끈이 내 소중한 마음의 끈에
	이어져 있긴 하지만
	그녀가 사나운 매처럼 길들여지지 않는다면
	저 멀리 떨어뜨려 운명에 내던져서
	그 희생양으로 만들어 줄 테다.
	아마도 내가 흑인이고,

궁중 신하들처럼 멋진 예법도 몸에 배지 않은데다,

점점 나이가 들어서 그런 것일까?

하지만 내가 그 정도로 많이 늙진 않았어.

그녀는 가 버렸어. 난 배반당했고.

마음의 위안을 찾으려면 그녀를 증오하는 수밖에.

오오, 빌어먹을 결혼!

남편들은 이 섬세한 창조물들이 제 소유가 된 줄 알지만

아내들의 정욕은 갖지 못하는구나!

지하 감옥이 뿜어대는 연무 속에 사는 두꺼비가 될지언정

내가 사랑하는 물건을 다른 놈이 쓰는데도

한쪽 구석을 지키며 살 순 없지.

허나 우리 비범한 사람들은

바람맞고 뿔을 달 저주를 타고나니,

비천한 이들이 누리는 특혜만도 못한 운명이로구나.

허나 이는 죽음처럼 어찌할 수 없는 운명.

뱃속에서 태동하는 순간, 그 저주는 곧

우리의 운명이 되었다. 저기 그녀가 오는군.

(데스데모나, 에밀리아 등장)

나를 속인 것이 사실이라면 하늘도 거짓인 셈이니

더 이상 믿지 않을 테다.

데스데모나 아니, 내 사랑 오셀로 님. 어찌된 일인가요?

초대하신 이 섬의 귀하신 분들께서

저녁 식사에 오셔서 장군님을 기다리고 계세요.

오셀로 미안하군.

데스데모나   왜 이리 힘없이 말씀하세요?

몸이 안 좋으신가요?

오셀로   머리가 아프군. 여기 이마 쪽이.

데스데모나   잠을 못 주무셔서 그래요. 금방 가라앉을 거예요.

머리를 단단히 감싸드릴게요.

한 시간이면 나아질 거예요. (손수건을 꺼낸다.)

오셀로   손수건이 너무 작아.

그냥 내버려 둬.

(손수건이 떨어진다.)

이리 와요. 함께 갑시다.

(오셀로와 데스데모나 퇴장)

에밀리아   (손수건을 줍는다.)

손수건을 발견해서 다행이지 뭐야.

무어 님이 부인께 준 첫 기념물이지.

내 유별난 남편이 훔쳐 달라고

수백 번은 졸라댔지만 마님이 아끼시는 징표라서,

무어 님께서 영원히 간직해 달라고

애절하게 청하셨으니까, 입도 맞추고 말도 건네면서

항상 가까이에 지니고 다니실 정도잖아.

자수 모양만 베껴다가 이아고에게 줘야지.

남편이 손수건으로 뭘 할지 하늘만이 아시겠지.

낸들 알겠어? 나야 그 사람 망상만 채워 주면 되니까.

(이아고 등장)

이아고	어째서! 여기 혼자 있는 거야?
에밀리아	잔소리 좀 그만해요. 당신에게 줄 게 있다고요.
이아고	내게 줄 것이라니? 누구한테든 다 주는 것이겠지.
에밀리아	뭣이 어째요?
이아고	마누라가 멍청하다고.
에밀리아	오, 말 다했지요? 그럼 손수건 대신 뭘 줄 수 있는데요?
이아고	무슨 손수건?
에밀리아	무슨 손수건이라니?
	아니 글쎄, 무어 님이 데스데모나 부인께
	처음으로 준 손수건이요.
	당신이 훔쳐 달라고 수도 없이 졸랐잖아요.
이아고	훔쳤어?
에밀리아	아뇨. 마님이 무심코 떨어뜨려서 기회를 잡았지요.
	내가 여기 있었으니 주울 수 있었다고요. 자, 보세요.
이아고	잘했어. 어서 줘.
에밀리아	뭘 하시려고 이걸 훔쳐 달라고 그렇게 간청을 했을까?
이아고	(낚아채며) 글쎄 그게 당신이랑 무슨 상관인데?
에밀리아	중요한 일 아니면 도로 내놔요.
	가엾은 마님, 잃어버린 것을 아시면
	어찌할 바를 모르실 텐데.
이아고	아는 척 말아. 써먹을 일이 있어. 이제 가봐.
	(에밀리아 퇴장)
	이 손수건을 캐시오 집에다 슬쩍 놔두고
	캐시오가 보게 만들어야지.

공기처럼 가볍고 하찮은 단서도, 시기하는 자에게는

성서처럼 강력한 증거가 되지. 쓸모가 있을 거야.

무어 녀석이 내 독에 중독되어 변하기 시작했으니까.

위험한 생각이란 자고로 독과 그 본질이 같아.

처음 입에 넣을 때는 살짝 쓰던 것이

아주 조금의 양만 핏속을 파고들어도

뜨거운 용암처럼 타오르기 시작하지.

(오셀로 등장)

내가 말한 대로야.

봐, 저기 오네. 아편도 맨드레이크 수면제도,

잠깨나 재워 준다는 세상의 그 어떤 약재도

두 번 다시 어젯밤처럼

녀석을 곤히 잠들게 하진 못할 테지.

오셀로 이런! 이런! 그녀가 날 배신한 게야?

이아고 장군님, 어째서 그러십니까? 이제 그만하십시오.

오셀로 저리 가! 꺼져! 나를 고통스러운 고문대에 올려 놓다니.

제대로 알지 못할 바에는

차라리 철저하게 속는 편이 나아.

이아고 왜 이러십니까, 장군님!

오셀로 은밀한 욕정이 아내를 앗아 가는 동안

전혀 눈치채지 못했어.

보지도 못했고 의심도 안했으니

이렇게 가슴 아프지도 않았지.

다음 날 밤엔 잠도 잘 잤고, 잘 먹고 속 편하고 행복했어.

아내의 입술에서 캐시오의 입맞춤도 못 느꼈어.

도둑맞았지만 이를 눈치채지 못했다면

그 사실을 알리지 말지어다.

그러면 도둑맞지 않은 것과 다름없으니.

이아고   그리 말씀하시다니 유감입니다.

오셀로   한 부대의 졸병 나부랭이들이 모두

아내의 달콤한 육체를 맛보았다고 해도

그 사실을 내가 모르기만 했다면 행복했겠지.

오, 이제 평온한 마음과는 영영 작별이다. 행복이여 안녕!

야망에 덕을 실어 주었던 깃털로 장식한 군대여,

치열한 전쟁이여, 안녕. 오, 잘 가거라.

히힝 우는 말과 쩡쩡하게 울리는 트럼펫 소리,

영혼을 뒤흔드는 북소리, 귓전을 때리는 피리 소리,

왕족의 문장이 그려진 깃발,

전쟁을 의미하는 모든 것들이여.

우월감, 화려한 행렬, 영광스런 승전보를 알리는

의식들이여, 작별을 고하노라!

오오 불멸의 주피터 신이 토해 내는

무시무시한 아우성에 버금가는

울퉁불퉁한 목구멍이 달린 죽음을 부르는 화포들이여,

작별을 고한다. 군인으로서의 오셀로는 이제 없어.

이아고   그게 가능하기나 한 소리입니까, 장군님?

오셀로   사악한 놈. 분명히 네놈이 내 사랑을 창녀로 만들었어.

명심해. 눈으로 볼 수 있는 증거를 대라.

(이아고의 먹살을 잡으며)

불멸의 영혼을 두고 맹세하건대

네놈이 증거를 대지 못하면,

분노에 눈뜬 나를 감당하느니

개로 살아가는 편이 낫겠다는 생각이 들게 해 주마.

이아고   이렇게 되고 만 것입니까?

오셀로   직접 봐야겠어. 아니면 입증해 봐.

삐걱대거나 흔들거리는 그 어떤 의혹도 있어서는 안 돼.

입증하지 못하면 화를 면치 못하리라.

이아고   고결하신 우리 장군님.

오셀로   내 아내를 중상하고 나를 괴롭히기라도 하면

기도도 후회도 모두 부질없게 될 것이다.

그 대갈통 위로 참혹한 일을 쌓고 또 쌓아도,

네놈이 저지른 일보다 더 소름끼치는 죄는 없을 테니

차라리 하늘이 슬피 울고

온 세상이 경악할 만한 일을 저지르는 편이 나을지도.

이아고   오, 자비를! 오 하늘이시여, 저를 용서하소서!

정녕 사람이 맞으십니까? 넋이나 이성을 잃으셨습니까?

신께서 함께하시길. 저를 파직하십시오.

오, 정직으로 부덕을 범한 가엾은 바보 같으니라고!

오, 세상이 이리도 극악무도할 수가!

세상 사람들, 여기. 내 말 좀 들어보세요,

올곧고 정직한 사람은 무사하지 못합니다.

가르침에 감사합니다. 이제부터 저는 벗에게

그 어떤 호의도 베풀지 않겠습니다.

호의는 불명예를 낳을 뿐이니까요.

오셀로 아니, 잠깐. 자네는 분명 정직한 사람이지.

이아고 현명한 사람이 되어야지요. 정직은 곧 어리석음입니다.

정직하게 대하면 벗을 잃고 말테니까요.

오셀로 하늘에 맹세코,

아내가 정직하다고 생각했는데 그렇지 않은 듯하고.

자네가 지조 있다고 생각했는데 아닌 듯하고.

증거가 있어야 해.

달의 여신 다이애나만큼 순결했던 아내의 평판이

이젠 내 얼굴처럼 더럽고 시커멓게 변해 버렸어.

노끈이나 칼, 독, 불, 뛰어들 개울만 있다면

참지 못해 일을 저질렀을 거야.

진실을 제대로 알 수만 있다면!

이아고 알겠습니다, 장군님. 격정에 사로잡히셨군요.

넌지시 귀띔해 드려서 정말 송구합니다.

증거를 원하신다고요?

오셀로 원하느냐고? 원하고말고! 포착하고 말 테다.

이아고 그럼 그러시지요. 그런데 어떻게?

어떻게 포착하시려고요, 장군님?

구경꾼처럼 야만스럽게 멍하니 입을 헤 벌린 채

마님을 덮치는 장면이라도 포착하시게요?

오셀로 죽음과 저주를! 오!

이아고 그런 광경을 포착하려고 하다가는

지쳐서 뻗으실지도 모릅니다. 누구라도 그 두 사람이

서로를 떠받치고 있는 광경을 봤다면

그때 그들을 저주하시지요.

그럼 이제 무엇을, 어떻게 하느냐?

글쎄, 뭐라고 말씀드릴지. 증거는 어디 있냐면,

절정에 이른 염소나 달아오른 원숭이가 되어도,

한창 기름이 오른 음란한 늑대나,

취해서 세상모르는 멍청이가 되어도

그 장면을 포착하기는 하늘의 별따기지요.

하지만 한 말씀 올리자면,

진실의 문으로 이어지는 허점이나 강력한 정황이 있어

입증할 수만 있다면, 증거를 포착할 수 있겠지요.

오셀로 그녀가 정절을 지키지 않았다는 뚜렷한 이유를 대봐.

이아고 그런 직무를 맡고 싶지는 않습니다.

하지만 이왕지사 이 일에 깊이 관여하게 되었으니,

어리석게도 정직과 호의를 베풀다가 이리 되었습니다만,

계속 맡지요. 근래에 캐시오 님과 한 침대를 썼는데

저는 이가 아파서 잠을 이루지 못했지요.

왜 하도 방탕하게 놀아나서,

자면서도 정사를 나누는 것처럼 웅얼거리는 놈들이 있지

않습니까? 캐시오 님이 그렇더군요.

그가 자면서 말하더군요. "사랑스러운 데스데모나,

경계를 늦추지 말고 우리 사랑을 비밀로 간직해요."라고.

장군님, 그러더니 글쎄 내 손을 꼭 쥐고 비틀고는

큰 소리로 "오 사랑스러운 여인!"이라고 말하더니
내 입 속에서 자란 뿌리라도 뽑으려는 듯
내게 거칠게 키스를 하고 허벅지를 올리더니,
숨을 내쉬며 키스하고, 급기야
"그대를 무어 녀석에게 내주다니
저주받은 운명이로구나!" 하고 소리치지 뭡니까!

오셀로   오, 망측하도다! 망측해!

이아고   아니, 그저 캐시오 님의 꿈일 뿐이지요.

오셀로   하지만 이미 끝났다는 의미도 되지.

이아고   예리한 추측이십니다. 고작 꿈에 불과하지만,
아주 빈약해 보이는 다른 증거에
힘을 실어 주기도 하지요.

오셀로   내 이년을 찢어 버릴 테다!

이아고   어허. 현명해지셔야지요.
아직 아무것도 확인하지 못했습니다.
지조를 지켰을 수도 있습니다. 한 가지만 확인하지요.
이따금씩 마님이 딸기 문양이 수놓인 손수건을
쥐고 계신 모습을 본 적이 있는지요?

오셀로   그 비슷한 손수건을 내가 줬지. 첫 정표였어.

이아고   그랬는지는 몰랐습니다만 마님이 가진 손수건이
분명 그렇게 생긴 것이었지요. 캐시오가 그 손수건으로
수염을 닦는 모습을 오늘 제가 똑똑히 보았지요.

오셀로   그 손수건이 같은 손수건이라면…….

이아고   같은 손수건이든, 마님의 물건 중 그 어떤 것이든

다른 증거와 함께 놓고 볼 때

마님의 결백을 입증하지 못합니다.

오셀로　오, 그 노예 자식의 목숨이 사만 개는 돼야 할게야!

한 개로는 턱없이 부족해. 죄다 되갚아 주기에는 부족해.

이제야 진실이 보이는구나. 이봐, 이아고.

이제 내 빌어먹을 사랑은 바람을 타고

저 하늘로 날아가 버렸어. 사라졌다고!

분노로 들끓는 복수여, 저 깊은 지옥에서 몸을 일으켜라.

오, 사랑이여, 물러나라. 왕관과 부동의 왕좌 대신

그대에게 포학한 증오를 내리리라! 작은 독사의 혀로

그대의 가슴은 근심으로 부풀어 오를지니!

이아고　진정하십시오.

오셀로　오, 피, 피, 피를 원해! (무릎을 꿇는다.)

이아고　참으십시오. 마음이 변하실지도 모릅니다.

오셀로　절대 바뀌지 않아, 이아고.

얼음처럼 차고 격동적인 폰틱 해[8]처럼,

절대 사그라지지 않고

프로폰티스 해[9]와 헬레스폰트 해협[10]으로

일정하게 흘러가는 썰물처럼,

격렬하게 움직이는 내 피 끓는 마음도

드넓고 크나큰 복수가 그들을 삼켜 버릴 때까지

---

8) 지금의 흑해

9) 지금의 마르마라 해

10) 지금의 다르다넬스 해협

절대 돌아보거나 겸허한 사랑에 휩쓸려 가는 일은

없을 것이다. 저 대리석 같은 하늘을 두고

성스러운 다짐에 경의를 표하며,

이곳에서 이 약속을 지킬 것을 맹세하노라.

이아고   아직 그대로 계십시오. (이아고도 무릎 꿇는다.)

저 하늘 위에서 불타는 빛이시여,

증인이 되어 주십시오.

우리를 둘러싸며 돌고 있는 별들이여,

똑똑히 봐 두십시오.

여기 이 이아고가 마음과 손과 심장의 본분을 저버리고

불행을 맞은 오셀로 장군님을 위해 일할 것을 맹세합니다.

장군님이 명을 내리시면 그 어떤 잔혹한 일이라도

제 의무로 받아들여 복종하겠나이다.

오셀로   자네의 충심을 환영하네.

빈말이 아니라 온 마음으로 충심을 받아들이겠네.

지체 없이 자네를 시험해 봐야지.

사흘 내로 캐시오가 이 세상 사람이 아니라는 말을

자네를 통해서 듣고 싶네.

이아고   제 벗은 죽었습니다.

분부하신 그대로 이루어질 것입니다.

하지만 마님을 죽이진 마십시오.

오셀로   그 사악한 탕녀에게는 저주를. 저주받아라. 저주를!

이리 오게. 같이 가지. 난 그 눈부신 악녀를

단숨에 죽일 궁리를 하면서 칩거하겠네.

이제 자네가 내 부관이네.

이아고   당신의 영원한 부관이 되겠습니다.

(퇴장)

제4장

성 앞

(데스데모나, 에밀리아, 광대 등장)

데스데모나 이봐, 부관 캐시오 님이 어디서 자는지 알아?

광대 어디서 주무시는지 감히 말씀드리지 않겠습니다.

데스데모나 왜?

광대 그분은 군인이신데 거취를 말씀드리면
전 칼에 맞아 죽을지도 모릅니다요.

데스데모나 어서 말해줘. 그분이 자는 곳이 어디야?

광대 그분 숙소를 입에 담는 것은
거짓을 아뢰는 것과 다르지 않아요.

데스데모나 알아듣게 얘기 좀 해봐.

광대 전 그분 숙소를 모르니 얘기를 꾸며 대면서
"여기요, 저기요."라고 말씀드리면

이 목구멍으로 거짓을 고하는 꼴이 되시요.

데스데모나 물어서 알려줄 수는 없니?

광대 그분 행방에 대해 사람들에게 문답해 보지요.

질문하고, 질문에서 답을 구하고.

데스데모나 찾아서 이리 좀 오시라고 해. 그를 대신해서

장군님께 독촉했으니 일이 다 잘 될 것이라 전해줘.

광대 그 일이라면 인간의 머리로는 할 수 있겠군요.

한 번 시도해 보겠습니다.

(광대 퇴장)

데스데모나 에밀리아, 내가 그 손수건을 어디서 잃었을까?

에밀리아 잘 모르겠습니다, 마님.

데스데모나 정말이지 차라리 금화가 가득 들어 있는

지갑을 잃는 편이 낫겠어. 우리 고결한 무어 님이

마음이 진실하시고 질투심에 찌든 동물처럼

천박하진 않으시지만,

좋지 않은 생각을 품고도 남을 물건이니.

에밀리아 질투를 안 하신다고요?

데스데모나 누구요, 그분이? 그분이 태어나신 곳의 태양 볕이

질투를 만드는 체액을 모조리 빨아들였을걸?

에밀리아 보세요. 장군님이 이쪽으로 오시네요.

(오셀로 등장)

데스데모나 캐시오에게 복직을 명하실 때까지 장군님 곁을

지킬 테야. 여보, 어쩌세요?

오셀로 괜찮소, 부인. (방백) 오, 괜찮은 척하려니

꽤 힘들군! 별 일 없소, 데스데모나?

데스데모나 별일 없고말고요, 여보.

오셀로 손을 이리 주시오. 손이 축축하구려, 부인.

데스데모나 제 손은 늙지도 않고 슬픔도 못 느끼나 봐요.

오셀로 그 소린 아이도 가지기 쉽고 자유분방하단 말 같소.

이처럼 화끈화끈 달아오르고 축축한 손은

방종과 단식, 기도, 교정 수련과 신앙 수련과는

거리를 두어야지.

이처럼 젊고 땀에 젖은 악마는

대개 일을 치고야 말거든.

예쁜 손이군. 정직한 손이야.

데스데모나 그렇고말고요.

이 손으로 당신께 제 마음을 전했잖아요.

오셀로 아낌없이 내어 주는 손이군.

옛 사람들은 손으로 마음을 전했다지.

헌데 요즘은 손만 내어 주고 마음은 안 준다더군.

데스데모나 이런 얘기는 그만 하자고요. 자, 약속하셨잖아요.

오셀로 무슨 약속 말이요, 부인?

데스데모나 캐시오 님과 얘기를 나눠 보시라고 청했잖아요.

오셀로 성가시고 불쾌한 감기 때문에 힘들군.

손수건 좀 이리 주시오.

데스데모나 여기, 여보.

오셀로	내가 준 손수건을 주시오.
데스데모나	지금 없어요.
오셀로	없다고?
데스데모나	네, 여보.
오셀로	그것 참 안타깝소. 그 손수건은

내 어머니께서 한 이집트 여인에게 받았지요.

무녀였는데 사람 마음을

거의 꿰뚫어 보는 사람이었다오. 그녀가 말하길

어머니가 그 손수건을 지니면 사랑스럽게 보이고

아버지의 사랑을 차지할 수 있지만,

잃거나 다른 사람에게 선물로 줘 버리면

어머니를 보는 아버지의 눈이 증오로 바뀌고,

그 영혼도 새로운 사랑을 찾아 헤맬 것이라고 했소.

돌아가시면서 어머니는 그 손수건을 주시며 부탁하셨지.

운명이 이끌려 아내를 얻으면 그 손수건을 주라고.

그래서 줬던 것이오. 그러니 조심하시오.

손수건을 당신의 눈처럼 소중히 하시오.

그 손수건을 잃어버리거나 다른 이에게 줘 버리면

다른 일과는 비교도 못할 엄청난 파멸을 불러올 것이오.

| 데스데모나 | 정말 그럴까요? |
| 오셀로 | 정말이오. 손수건 천에 마법이 걸려 있다니까. |

그 무녀는 하루하루를 헤아리면서

태양 둘레를 200바퀴나 돌 동안에

예언의 무아지경에 사로잡혀 그 손수건을 짰소.

그 명주실도 성스러운 누에고치가 뽑아냈고

그 숙련공이 처녀의 심장으로 만든 체액으로

염색한 것이지.

데스데모나 정말이요? 사실인가요?

오셀로 확실하오. 그러니 잘 보관하시오.

데스데모나 그런 물건이라면 차라리 보지 않았더라면 좋을 뻔했군요.

오셀로 하! 무슨 이유로?

데스데모나 왜 그리 화를 내며 말씀하시나요?

오셀로 잃어버린 것이오? 없어졌냐고?

대답하시오. 없애 버린 거요?

데스데모나 어머, 세상에!

오셀로 뭐라고 했소?

데스데모나 잃어버리지 않았어요. 하지만 만약 잃어버리면요?

오셀로 이것 참!

데스데모나 말했잖아요. 잃어버리지 않았다고.

오셀로 그럼 가져와 보오. 직접 봅시다.

데스데모나 그럴 수도 있지만 장군님. 지금은 싫어요.

제가 부탁한 일을 신경 쓰지 못하게 하려는 속임수죠?

부탁이에요. 캐시오 님에게 복직을 명하세요.

오셀로 손수건을 가져오라니까. 마음이 온통 의혹투성이군.

데스데모나 제발요, 제발.

더 적합한 사람을 못 구하실 거예요.

오셀로 손수건을!

데스데모나 일생 동안 당신의 총애로

자수성가한 사람이에요.

위험할 때도 함께 있어 줬잖아요.

오셀로 손수건을 가져오라잖소!

데스데모나 정말이지 잘못하시는 거예요.

오셀로 제기랄! (퇴장)

에밀리아 질투가 아닐까요?

데스데모나 이런 적이 한 번도 없었어.

그 손수건에 정말 신비한 뭔가가 있나 봐.

그걸 잃어버리다니 정말 속상해.

에밀리아 남자는 한두 해만 지나도 본색을 드러내지요.

그들은 뱃속이고 우린 그저 음식일 뿐이에요.

우리를 배불리 먹고 배가 부르면 토해 버리죠.

보세요. 캐시오 님과 제 남편이 오네요.

(캐시오와 이아고 등장)

이아고 다른 방도가 없습니다.

이 일을 해결할 사람은 오직 마님이세요.

오, 때마침 잘되었군요. 부인께 가서 부탁해 보세요.

데스데모나 안녕하세요, 선량한 캐시오 님. 별일 없으시죠?

캐시오 부인, 일전에 드렸던 부탁 말입니다. 청하건대

자비를 베풀어 주시어 제 직분을 수행하고

장군님의 총애를 얻고 싶습니다.

충성을 다해서 그분을 온전히 존경하겠습니다.

더 이상 지체하고 싶지 않습니다.

지은 죄가 너무 치명적이라

지난날의 업적과 현재의 비통함,

앞으로 헌신하겠다는 약속으로도

총애를 되찾을 수 없다면,

그런 사실을 그저 확인만 해도 만족하겠습니다.

그렇게라도 억지로 미련을 버리고

다른 일을 찾아서 제 운명을 구해야지요.

데스데모나 세상에. 참 점잖기도 하셔라.

제가 지금은 캐시오 님을 잘 변호하고 있지 못해요.

장군님이 평소답지 않으세요. 만약 장군님의 외모가

지금의 감정 상태처럼 변한다면 알아보지 못할 거예요.

정령들은 알 테지요.

제가 최선을 다해 캐시오 님을 변호했고,

너무 과하게 청하는 바람에

장군님의 기분을 상하게 했다는 사실을요.

당분간은 참으셔야 해요.

제가 할 수 있는 일, 아니 그 이상의 일도 시도해 볼게요.

얘기는 이 정도로 해 두지요.

이아고 장군님이 화나셨다고요?

에밀리아 그냥 휙 나가 버리셨어요.

분명 평소답지 않게 초조해 하셨어요.

이아고 장군님이 화를? 아니 아군이 대포에 맞아

갈가리 찢겨도 평정을 지키셨고,

마치 악마처럼 제 팔을 휘둘러

형을 날려 버리시던 분이, 화를 내셨다고?

그렇다면 정말 중요한 일이 생겼나 봐. 찾아뵈어야지.

분명 무슨 일이 있을 거야. 화까지 내셨다면.

데스데모나 부디 그리해 주세요.

(이아고 퇴장)

분명 베니스에서 보낸 나랏일 때문이거나

이곳에서 진행 중인 음모가 드러나서

그분의 맑은 정신을 흐려 놓은 거야.

이런 경우 남자들은 대개 훨씬 중요한 일을 두고도

사소한 일로 속이 뒤틀리곤 하지. 다 그런 식이지.

손가락 하나만 아파도 건강했던 다른 부위가 아프잖아.

아니야. 남자가 신은 아니니까.

결혼식 때 신부를 대하듯 모든 일을 신사적으로

처리하는 것도 아니지. 망할 내 잘못이야, 에밀리아.

이런 일을 겪어 보지 못한 난 속으로

장군님의 평소답지 못한 행동을 원망했어.

하지만 이제 내 마음의 증인이 매수당했고

그를 원망했던 것도 모두 오해 때문임을 알았어.

에밀리아 부디 하늘께서 도우시어

마님 생각처럼 나랏일이길 바래요.

단순한 망상이나 질투는 아니길.

데스데모나 그럴 리가! 난 질투하실 만한 빌미를 준 적이 없어.

에밀리아 하지만 투기 어린 영혼은 그런 식으로 반응하지 않아요.

무슨 이유가 있어 질투하는 게 아니랍니다.

질투가 나니까 질투하는 거예요. 질투란

스스로 생기고 태어나는 괴물이지요.

데스데모나 하늘이여, 오셀로 님의 마음에

괴물이 생겨나지 않게 해 주세요!

에밀리아 마님 말씀에 아멘.

데스데모나 그를 찾아봐야지. 캐시오 님, 이 주변을 좀 거닐고 계세요.

저는 적당한 때를 봐서 장군님께 다시 청해서

최선을 다해 끝장을 보렵니다.

캐시오 고개 숙여 부인께 감사드립니다.

(데스데모나와 에밀리아 퇴장. 비앙카 등장)

비앙카 살아계셨네, 캐시오 이 양반!

캐시오 집에서 여기까지 어쩐 일이야?

잘 지냈어, 세상에서 제일 예쁜 우리 비앙카?

우리 예쁜이, 사실은 막 자기한테 가려고 했어.

비앙카 헌데 난 자기 숙소로 가고 있었겠지, 캐시오.

뭐야, 일주일이나 안 나타나? 이레 밤낮동안?

여덟 시간을 스무 번, 게다가 또 여드레를?

애인 없는 나날은 시계보다 더 지루하단 말이야,

여덟 곱하기 이십 배나! 오, 셈은 너무 힘들어!

캐시오 미안해, 비앙카. 그동안 중압감에 시달려서 그래.

대신 그간 그렇게 오래 자리를 비운 만큼

오래오래 발길 끊지 않을 테야. 사랑스러운 비앙카.

(데스데모나의 손수건을 건네며)

날 위해 이 문양의 본을 좀 떠줘.

비앙카 오, 캐시오. 이건 어디서 난거야?

새 여자한테 받은 정표인 거야!

왜 자리를 비웠는지 이제 알 것 같아.

그런 거였어? 그럼, 그렇지.

캐시오 이제 가봐, 이 여자야.

악마가 들려준 그런 나쁜 짐작이랑은

다시 악마가 씹어 먹게 해. 지금 질투 나서

다른 정부한테 받은 정표라고 우기는 거잖아.

그게 아니라고. 맹세해, 비앙카.

비앙카 그럼. 누구 물건이야?

캐시오 나도 몰라. 내 방에 있더라고.

문양이 참 마음에 들어. 누가 돌려 달라기 전에,

문양을 똑같이 베껴 둬야지. 그러고도 남아.

가서 그리해 줘. 날 잠깐 혼자 내버려 둬.

비앙카 혼자 내버려 두라니! 왜?

캐시오 여기서 장군님을 기다리는데

신뢰가 떨어질 수도 있으니까

여자랑 함께 있는 모습을 보여주기 싫어.

비앙카 왜?

캐시오 사랑하지 않아서 그러는 게 아니야.

비앙카 사랑하지 않잖아.

나랑 조금만 걸어 주면 좋잖아.

오늘 밤에 만날지 얘기도 좀 해 주고.

캐시오   기다리는 중이니 조금만 걷자. 하지만 곧 만날 거야.

비앙카   좋아. 당신 말대로 해야지.

(비앙카 퇴장)

제4막

제1장

사이프러스 섬, 성 앞

(오셀로와 이아고 등장)

이아고　정말 그렇게 생각하신단 말입니까?

오셀로　그렇게라니, 이아고?

이아고　뭐 그러니까,

　　　　　은밀하게 키스 좀 나눴기로서니.

오셀로　관례에 어긋나는 키스야!

이아고　홀딱 벗고 친구와 침대에서 한두 시간 함께 있었다고

　　　　　나쁜 짓을 저질렀다고 할 수는 없지 않습니까?

오셀로　침대에서 벗고 있는데 나쁜 짓을 하지 않았다니, 이아고!

　　　　　악마 앞에서 위선을 떠는 거야.

　　　　　그 의도가 고결하다고 해도

　　　　　악마가 그들의 선함을 시험케 하고,

하늘이 그들을 시험하는 게지.

이아고 아무 일도 안 저질렀다면 그저 가벼운 실수 정도지요.

내 마누라한테 손수건을 줬다 해도 그건…….

오셀로 그게 어쨌다고?

이아고 그럼 그때부터는 마누라 물건이니까, 장군님.

마누라가 주인이니까 다른 놈에게 줘도 될 것 같은데요.

오셀로 자신의 명예도 제 소유지.

그러니 명예 역시 내줘도 된단 말인가?

이아고 마님의 명예는 눈에 보이지 않는 본질이지요.

사람들은 그런 것쯤은 없는 것처럼 여기지요.

하지만 손수건은…….

오셀로 오, 세상에. 그 손수건을 잊을 수 있다면 정말 좋을 텐데.

자네가 자꾸 얘기를 하니. 오, 전염병이 퍼진 집 주변을 돌

며 불길한 징조를 전하는 갈까마귀처럼

손수건에 대한 기억이 엄습하는구나.

그놈이 내 손수건을 가졌어.

이아고 네, 그게 어때서요?

오셀로 지금으로선 아주 좋지 않아.

이아고 그놈이 장군님께 나쁜 짓을 했다고 말씀드리면 어쩌시려

고요? 혹은 그놈이 말하는 걸 들었다면요?

왜 세상에는 성가시게 졸라서 넘어갔다거나

적극적으로 구애하는 여인네들 욕구를 채워줬다고

분별력 없이 꼭 지껄이고 다녀야 하는

그런 놈들이 있잖습니까?

오셀로   그놈이 뭐라 했단 말이냐?

이아고   했지요, 장군님. 하지만 명심하십시오.

　　　　그놈이 자기가 한 말을 취소하면 그뿐이지요.

오셀로   뭐라고 하더냐?

이아고   사실, 그가 말하길……. 모르지요. 그놈 말이…….

오셀로   뭐? 뭐라 했냐고?

이아고   잤다고.[11]

오셀로   아내와?

이아고   잤거나, 올라탔거나 내키는 쪽으로 생각하십쇼.

오셀로   잤다고? 올라탔어? 그녀를 욕보일 때

　　　　거짓을 지껄였다는 뜻이겠지. 잤으면, 제기랄.

　　　　음란해! 손수건! 실토를! 손수건!

　　　　실토만 하면 교수형에 처해 버릴 테다.

　　　　화가 치밀어서 부르르 떨리는군.

　　　　인간의 본성이란 진실 앞에서만

　　　　깊고 어두운 격정에 자신을 내어놓는 법.

　　　　내가 부르르 떠는 건 그저 말 때문이 아니야.

　　　　젠장! 코, 귀, 그리고 입술까지 비벼. 가당키나 해?

　　　　실토를 받아낼 테다! 손수건도!

　　　　오오, 젠장! (정신을 잃고 쓰러진다.)

이아고   먹혔다. 약발이 받았나 봐!

　　　　어수룩한 멍청이를 드디어 잡았어.

---

11) 원문은 "lie", lie는 '거짓말하다' '눕다' 두 가지 뜻을 지니고 있다.

고결하고 정숙한 그 많은 숙녀들도,

아무 잘못이 없는데도 오명을 쓰겠지.

어휴, 세상에! 장군님!

우리 장군님, 접니다! 오셀로 님!(캐시오 등장)

어쩐 일이세요, 캐시오 님!

캐시오 무슨 일인가?

이아고 우리 장군님께서 발작으로 쓰러지셨습니다.

이번이 두 번째 발작입니다. 어제도 발작하셨어요.

캐시오 관자놀이를 좀 문질러 보게.

이아고 아니, 안 됩니다.

이 무기력증에도 나름 진행 순서가 있어요.

건드렸다가는 입에 거품을 물다가 곧

사나운 광기를 터뜨리십니다.

보세요. 약간 움직이시네요. 잠깐 저리 물러나 계세요.

곧 회복하실 것입니다. 장군님이 자리를 비우시면

함께 중대사를 논하지요.

(캐시오 퇴장)

좀 어떠신지요, 장군님? 머리를 다치진 않으셨는지?

오셀로 날 놀리나 지금?

이아고 하느님 맙소사. 놀리다니요.

좀 남자답게 운명에 맞닥뜨리셨으면 좋겠습니다!

오셀로 오쟁이진 남자는 한 마리의 괴물이요 짐승일 뿐.

이아고 그러면 북적대는 도시에는 그 짐승이 많이도 살겠습니다.

교양 있는 괴물들도 많겠군요.

오셀로	캐시오가 실토를 했어?
이아고	고귀하신 장군님, 남자답게 구셔야지요.
	결혼도 하고 수염도 난 양반은 모두
	장군님과 같은 처지입니다. 밤마다 온전히 제 잠자리가
	아닌 곳에서 자는 양반들이 수백은 될 겁니다.
	모두 자기만 드나드는 잠자리라 장담할 테지만요.
	그래도 장군님은 낫지요.
	아아, 지옥이 원한을 품고
	악마가 신나서 조롱하는 꼴입니다.
	아무런 근심 없이 침대에서 탕녀에게 입맞춤하면서도
	아내가 순결하다고 믿다니. 싫습니다. 알아내야지요.
	내가 어떤 사람인지 알듯, 아내가 어떤지도 알아야지요.
오셀로	오오, 현명한지고! 물론 그래야지.
이아고	잠시 물러나 계십시오.
	장군님이 여기서 비통함에 압도당하더라도
	인내의 영역 안에 자신을 가두세요.
	비록 참으로 남자다운 장군님과는
	어울리지 않은 격정입니다만.
	캐시오가 여기 들렀다 갔어요. 저는 그를 쫓아 버렸고,
	장군님이 실신한 이유를 그럴듯하게 둘러댔지요.
	그리곤 잠시 후에 돌아오면 할 말이 있다고 했고,
	그는 곧 오겠다고 했어요. 부디 몸을 숨기시고
	그의 표정 구석구석에 서려 있는
	비웃음과 조롱과 선명한 냉소를 눈여겨보십시오.

그에게 그 얘기를 다시 해 달라고 할 테니.

어디서, 어떻게, 얼마나 자주, 얼마나 오래전부터, 언제

캐시오가 마님과 만났고 만날 예정인지.

다시 한 번 말하지만 몸짓을 주의 깊게 보세요.

맙소사, 참으세요.

참지 못해서 분노에 휩싸이면 대장부가 아니랍니다.

오셀로 　내 말 들리나, 이아고?

인내에 있어서는 둘째가라면 서러울 정도로

잘 참을 테니 두고 보게.

내 말 듣고 있는가? 아주 제대로 참아 주겠다고.

이아고 　좋습니다.

하지만 모든 일에는 때가 있는 법. 자, 숨으세요!

(오셀로가 숨는다.)

이제 캐시오에게 비앙카에 대해 물어야지.

제 욕망을 팔아 빵도 사고

옷도 사 입는 매춘부. 캐시오라면

사족을 못 쓰는 년이지. 그게 바로 창녀에게 내린 저주야.

여러 놈을 꽤도 자기는 한 놈한테만 끌리지.

그년 얘기를 들을 때 캐시오는 웃음을 참지 못해.

이리 오는군.

(캐시오 등장)

캐시오가 웃으면 오셀로가 미쳐서 펄쩍 뛰겠지.

질투심을 다루는 데 미숙하니

칠칠치 못한 캐시오의 미소며, 행동이며, 사소한 행실도

분명 악랄하다고 해석할 거야. 안녕하십니까, 부관 나리?

캐시오 그 직함으로 부르다니 더 속상하네.

되찾고 싶어 죽을 지경이야.

이아고 데스데모나 부인께 조르시면 분명 복직할 수 있어요.

비앙카에게 그 청을 했으면

단숨에 들어줬을 텐데요.

캐시오 세상에, 가엾은 계집!

오셀로 저놈이 벌써부터 웃다니!

이아고 자기 남자를 그리 좋아하는 여자는 못 봤다니까요.

캐시오 오, 불쌍한 년. 정말 날 좋아하는 것 같아.

오셀로 이제 슬쩍 거부하면서 웃어넘기려고 하는군.

이아고 들으셨습니까, 캐시오 님?

오셀로 이제 그 이야기를 다시 해 달라고

조르는군. 옳지, 잘한다. 잘해.

이아고 그녀 말로는 부관님이 자기와 결혼을 한다던데,

정말이십니까?

캐시오 하하하!

오셀로 승리라도 했느냐, 로마 놈이라도 된 양!

이기기라도 했냐고?

캐시오 결혼을 해? 누구랑? 그 창녀 계집이랑?

내 판단력을 너무 과소평가하진 말게나.

조금 덜떨어진 생각이 아닌가? 하, 하, 하!

오셀로 옳거니, 맞구나. 맞아.

그럼 그렇지! 이긴 자가 웃는 법이지!

이아고	아니, 캐시오 님이 그 계집과 결혼한다고
	소문이 파다하던데.
캐시오	농담하지 말게나!
이아고	아니면 절 악당이라 부르셔도 좋습니다.
오셀로	나한테 혼외자식이라도 안길 셈인가? 좋아.
캐시오	원숭이처럼 어린놈들이 퍼뜨린 소문이겠지. 그 계집이
	내게 푹 빠진 데다 듣기 좋으니까 내가 자기와 결혼할 거
	란 소문에 홀라당 넘어간 게야. 난 약속한 게 없다네.
오셀로	이아고가 신호를 보내는군.
	이제 녀석이 얘기를 꺼내는구나.
캐시오	방금도 여기에 있었잖아.
	어딜 가든 내 주변을 배회한다니까.
	요전에 내가 해안가에서 어떤 베니스인들과
	얘기를 나누는 사이 떡 하니 나타났지 뭔가.
	맹세컨대 그 계집이 자기 팔로 나를 요렇게 감싸더니—.
오셀로	몸동작을 보니 "아아, 캐시오."라고 말하는 모양새군.
캐시오	서성대고 매달리고 울고불고,
	나를 당기고 잡아끌고 그러는 거야! 하하하!
오셀로	이제는 데스데모나가 내 침소로
	자기를 끌고 들어갔던 얘기를 하는군.
	아아, 저놈의 코는 보이는데
	저 코를 먹어 치울 개새끼는 안 보이는구나.
캐시오	허허, 이제 그 계집한테서 떨어져야겠군.
이아고	어허, 저런! 조심, 비앙카가 옵니다.

(비앙카 능장)

캐시오 다른 창녀들과 다르지 않아.

염병할, 향수 뿌린 창녀랄까—

왜 자꾸 내 주위를 맴도는 거야?

비앙카 마귀와 그 어미나 당신 주변을 맴돌라지!

방금 줬던 그 손수건, 도대체 무슨 의미야?

그걸 받은 내가 바보지. 본을 뜨라고?

말 한번 그럴듯하게 잘 꾸며 대네. 뭐?

당신 방에서 주운 것 같은데 누가 거기 뒀는지 모른다고!

다른 추잡한 년이 정표로 주고 갔잖아.

그런데 나보고 그 본을 떠 줬으면 좋겠다니? 가져가,

그 음탕한 계집한테 돌려줘. 어디서 주워 왔든

난 손수건을 베끼는 짓은 안할 테니까.

캐시오 진정해, 우리 예쁜 비앙카! 뭣 때문에 그래?

화 좀 가라앉히고.

오셀로 이런 맙소사, 내 손수건이 분명해!

비앙카 저녁 식사에 올 테면 오라지. 만약 안 오기라도 하면,

내가 밥 차려 주는 그날까지 영영 기다리게 될 줄 알아!

(퇴장)

이아고 쫓아가세요, 어서!

캐시오 정말 그래야겠어.

안 그러면 저잣거리에서 고함을 지를 테니.

이아고 가서 저녁 드실 겁니까?

캐시오	그럴 것 같네.
이아고	그럼, 아마도 거기서 만나야겠군요.
	부관님과 꼭 얘기를 나누고 싶거든요.
캐시오	부디 와 주게나. 알았지?
이아고	어서 가 보세요. 말은 그만 하시고.

(캐시오 퇴장)

오셀로	저 자식을 어떻게 죽여 버릴까, 이아고?
이아고	녀석이 악의에 차서 비웃는 모습을 보셨습니까?
오셀로	아아, 이아고!
이아고	손수건도 보셨지요?
오셀로	내 것이었나?
이아고	이 손에 맹세코 장군님 손수건입니다.
	저 녀석이 마님을 얼마나 우습게 여기는지 보셨지요?
	마님이 주신 물건을 자기 매춘부에게 주다니.
오셀로	저 자식을 죽이는 데
	아무리 긴 시간을 써도 모자랄 판이야.
	고결하고, 아름답고, 사랑스러운 여인인데!
이아고	그렇지 않아요. 이제 모두 잊으셔야 합니다.
오셀로	맞아. 오늘밤 죽어 문드러져서 지옥에나 떨어져라.
	곧 죽을 테니까. 이럴 수가, 내 심장이 돌덩이로 변했어.
	때려도 내 손만 아파.
	아아, 그렇게 사랑스러운 여인이 세상에 또 있단 말인가?
	황제 곁에 누워서도 그를 종처럼 부렸을 법한 여인이야.
이아고	아니, 그리 생각하시면 안 된다니까요.

오셀로	죽일 년! 난 단지 있는 그대로의 그녀를 묘사할 뿐이야.
	바느질 솜씨도 정교하고,
	음악에 대한 재능도 혀를 내두를 정도라네.
	아아, 노래로 포악한 곰도 잠재울 정도라니까!
	재치도 넘쳐흐르고 독창적인 감각까지!
이아고	게다가 이렇게 비열하다니.
오셀로	오, 수천 배는 더 비열하지. 그런데다가 성격은
	얼마나 상냥한지!
이아고	상냥함이 조금 과한 편이지요.
오셀로	물론이지. 딱하구먼, 이아고! 오, 이아고!
	딱해서 어쩌나, 이아고!
이아고	마님의 불륜보다 마님이 더 좋으시다면
	계속 부정한 일을 저지르도록 내버려 두세요.
	장군님만 괜찮다면 다른 사람도 개의치 않을 겁니다.
오셀로	산산조각 낼 테다! 날 오쟁이지게 해?
이아고	아아, 추잡하기 그지없지요.
오셀로	그것도 내 부관과 붙어먹어!
이아고	설상가상입니다.
오셀로	오늘 밤 독을 좀 가져다 줘, 이아고.
	내 일일이 문제 삼지 않겠어.
	데스데모나의 몸과 아름다움에 넋이 나가면 안 되지.
	오늘 밤이네, 이아고!
이아고	독을 쓰지 말고, 침상에서 목을 조르십시오.
	부정한 일을 저지른 바로 그 자리에서.

오셀로	좋군. 좋아. 그래야 공평하지! 아주 좋아!
이아고	캐시오는 제가 처리하겠습니다.
	자정이면 소식을 전하겠습니다.
오셀로	훌륭해. (안에서 나팔 소리) 무슨 나팔 소린가?
이아고	분명 베니스에서 온 소식입니다.
	(로도비코, 데스데모나, 시종들 등장)
	로도비코입니다. 분명 공작님이 보냈을 겁니다.
	보세요. 마님이 함께 오셨네요.
로도비코	무고하신지요, 훌륭하신 장군님!
오셀로	진심으로 환영합니다.
로도비코	공작님과 의원님들께서 안부를 전하셨습니다.
	(서신을 건넨다.)
오셀로	그분들의 뜻을 기꺼이 따르겠소.
데스데모나	헌데 로도비코 사촌, 무슨 소식이야?
이아고	뵙게 되어 매우 영광입니다, 경.
	사이프러스에 오신 걸 환영합니다.
로도비코	고맙소. 캐시오 부관은 안녕하십니까?
이아고	살아 계시지요, 경.
데스데모나	사촌, 부관님과 오셀로 님 사이가 틀어졌어.
	유감스러운 불화가 있었지만 사촌이 잘 해결할 거야.
오셀로	확신하오?
데스데모나	네, 장군님?
오셀로	(읽으며)
	"이 일을 꼭 성공하시오. 그대는 앞으로—"

로도비코 아무 말도 안하셨어. 서신을 읽느라 정신없으시군.

장군님과 캐시오 사이에 불화가 있었다고?

데스데모나 참 유감스러운 일이었어.

두 분을 원래 사이로 되돌릴 수만 있다면 뭐든 하겠어.

캐시오 님을 정말 좋게 생각해.

오셀로 젠장!

데스데모나 네, 장군님?

오셀로 진정 슬기로운 여인이 맞소?

데스데모나 어머, 화가 나신 걸까?

로도비코 서신에 적힌 내용 때문에 언짢아지셨군.

아마 장군님은 본국으로 복귀하고 지금 맡은 직무는

캐시오 부관에게 인계하라는 명일 거야.

데스데모나 정말이지 반가운 소식이야.

오셀로 그러시겠지!

데스데모나 네?

오셀로 제정신이 아닌 걸 보니 참으로 기쁘구먼.

데스데모나 아니, 다감하신 우리 오셀로님.

오셀로 염병할! (데스데모나를 때린다.)

데스데모나 아! 이런 대우를 받을 만큼 잘못한 일이 없는데…….

로도비코 장군님, 베니스인 누구도 이 일을 믿지 못할 겁니다.

제가 똑똑히 보았다고 맹세해도 소용없을 정도입니다.

과하십니다. 사과하십시오. 울지 않습니까?

오셀로 아아, 빌어먹을! 젠장!

저 여자의 눈물로 온 세상이 가득 차도

그 한 방울, 한 방울은 그저 악어의 눈물에 불과해.

내 눈앞에서 썩 꺼져!

데스데모나 여기 있으면서 당신 기분을 상하게 하진 않겠어요.

로도비코 진정, 순종할 줄 아는 여인입니다.

장군님, 간절히 청하옵건대 그녀를 다시 부르십시오.

오셀로 어이, 첩!

데스데모나 장군님?

오셀로 자 이제 어쩔까요, 경?

로도비코 누구. 저 말입니까, 장군님?

오셀로 그렇소. 다시 뒤돌아보게 해 달라고 청하지 않았소?

경, 저 여자는 몸을 돌리고, 뒤튼 다음

또 뒤틀어 버릴 수 있소. 울 줄도 알지요, 경. 울다마다.

순종적이지요. 말씀하셨다시피 고분고분합니다.

아주 순순히 잘 넘어가지요. 계속 울어 보시지.

이걸로 말할 것 같으면, 경.

오오, 감정을 어찌나 잘 감추는지!

본국으로 돌아오라는 명을 받았소.

썩 꺼져. 곧 사람을 보내주지.

경, 나는 명을 받들어 본국으로 돌아갈 것이오.

어서 꺼져, 이 마녀야!

(데스데모나 퇴장)

캐시오에게 이 일을 인계하겠소.

또한 오늘 저녁 식사에 경을 초대하지요.

사이프러스에 오신 것을 환영하오.

달아오른 염소랑 원숭이라니!

(오셀로 퇴장)

로도비코　저분이 진정 원로원에서 한 목소리로 유능하다고 하는

그 고결한 무어 님이란 말인가?

격정에도 흔들리지 않는 성품을 가진 그분이란 말인가?

어떤 갑작스런 사건이나 재난의 화살도 그 대쪽 같은 미

덕을 스치지도 뚫지도 못한다는?

이아고　많이 변하셨지요.

로도비코　정신은 멀쩡하신 겁니까? 살짝 실성하신 건 아닙니까?

이아고　지금 보이는 그대로가 장군님이시지요. 혹평 따윈 섣불리

내뱉지 않겠습니다. 그런 분이라 여겼지만 그런 분이 아

니면, 그런 분이길 하늘에 빌어야지요.

로도비코　아니! 부인을 때리기라도 합니까?

이아고　정말이지 좋은 행동은 아니었지요.

하지만 그때가 최악의 일격이었다는 걸

알 수 있다면 좋으련만!

로도비코　습관입니까?

아니면 서신이 장군님의 기분을 상하게 해서

우발적으로 실수한 것이오?

이아고　세상에, 이걸 어쩌나!

제가 보고 아는 것을 말씀드리는 것은

명예로운 행동이 아닙니다.

어떤 분인지는 보시면 아실 겁니다.

장군님 평소 행동이 모두 말해 줄 테니

저는 말을 아끼겠습니다.

그냥 쫓아가서 무슨 행동을 하는지 지켜보십시오.

로도비코   내가 그를 잘못 알고 있었다니 유감이군요.

(로도비코와 이아고 퇴장)

제2장

성안의 방

(오셀로와 에밀리아 등장)

오셀로 그렇다면 아무것도 보지 못했느냐?

에밀리아 들은 바도 없고 의심해 본 적도 없어요.

오셀로 그래. 캐시오는 본 적이 있지? 그러니까 그녀와 함께 있는.

에밀리아 그렇지만 어떤 부정한 일도 본 적이 없습니다.

　　　　　게다가 두 분이 하시는 말씀은

　　　　　토씨 하나 빠뜨리지 않고 들었습니다.

오셀로 아니, 그 둘이 속삭이며 얘기한 적도 없다고?

에밀리아 단 한 번도 없습니다, 장군님.

오셀로 밖에 나가 있어 달란 적도?

에밀리아 전혀 없습니다.

오셀로 부채나 장갑, 가면을 가져다 달란 적도 없느냐?

에밀리아　없지요, 장군님.

오셀로　거 참 이상하군.

에밀리아　장군님, 감히 제 영혼까지 걸고 맹세하건대

마님은 순결한 분입니다. 그렇지 않으리라 생각하신다면

그 의심 접으십시오. 뭣에 단단히 속으셨어요.

어떤 망할 녀석이 장군님 머릿속을 어지럽혔다면

하늘이 뱀에게 내린 저주를 그에게도 그대로 내리길.

마님께서 순수하고, 정숙하고, 진실하지 않다면

행복할 남자가 대체 어디 있겠습니까?

가장 순결한 아내조차

모략을 일삼는 자만큼 추잡하겠지요.

오셀로　그녀를 불러줘. 어서. (에밀리아 퇴장)

그럴듯한 얘기들이야.

하지만 에밀리아는 순진한 뚜쟁이처럼 많은 얘기를 털어

놓진 않을 테니까.

데스데모나는 교묘한 창녀야.

밀실과 자물쇠와 열쇠를 만들어 놓고

악랄한 비밀을 숨겨두지.

그러고는 무릎 꿇고 기도를 하지. 그러는 걸 봤다고.

(에밀리아와 함께 데스데모나 등장)

데스데모나　장군님, 무슨 일이십니까?

오셀로　당신 이리 좀 와 보시오.

데스데모나　무엇을 원하십니까?

오셀로　눈 좀 봅시다.

　　　　내 얼굴을 보시오.

데스데모나　무슨 끔찍한 상상을 하시는 거예요?

오셀로　(에밀리아에게)

　　　　너는 네가 잘하는 일이나 해라.

　　　　우리끼리 정을 통하려고 하니 문을 닫도록 해라.

　　　　누가 오면 기침을 하거나 "험" 하고 소리를 내.

　　　　그런 게 네 본업이지, 본업이야! 어서, 빨리!

　　　　(에밀리아 퇴장)

데스데모나　무릎 꿇고 빌 테니

　　　　무슨 뜻으로 그런 말을 하는지 알려 줘요.

　　　　굉장히 분해서 하신 말씀인 것 같지만

　　　　무슨 뜻인지는 알 수 없군요.

오셀로　아니, 뉘신지?

데스데모나　아내지요, 장군님. 당신의 진실하고 성실한 아내지요.

오셀로　계속해 봐. 맹세도 해 봐.

　　　　거짓말한 죄로 지옥에 떨어지겠지.

　　　　아니면 마귀가 당신을 천사로 착각하는 바람에

　　　　무서워하며 당신을 못 잡을지도 몰라.

　　　　그렇게 되면 저주가 배로 늘 거야.

　　　　어디 한 번 당신이 순결하다고 맹세해 보라고!

데스데모나　하늘은 진실을 아시지요.

오셀로　하늘은 아시지.

당신이 끔찍한 잘못을 저질렀다는 사실을.

데스데모나 누구에게 그랬다는 겁니까, 장군님?

누구랑? 어떤 잘못을 했습니까?

오셀로 오오, 데스데모나. 관둡시다, 관두자고, 이제 그만!

데스데모나 아아, 침통한 날이군요. 왜 우십니까?

저 때문에 눈물을 흘리십니까, 장군님?

혹시 저희 아버지 때문에

베니스로 복귀하라는 명령을 받으셨다면

절 탓하지 마세요. 당신이 제 아버지께 존중받지 못하듯

저도 더 이상 존중받지 못하니까요.

오셀로 하느님께서 나를 괴롭히며 시험하시는 일을

기꺼워하신다면, 그래서 내 맨머리 위로

쓰라림과 수치심을 쏟아붓고,

내 몸 구석구석까지 가난을 느끼게 하고,

포로로 만들어 희망의 끝에 서게 하셔도

난 영혼 어딘가에서 한 자락의 인내심이라도 찾았겠지.

아아, 하지만 나를 웃음거리로 만들고

그 조롱의 시간 동안 손가락을 더디 움직여

나를 가리키시다니.

하지만 그래도 참을 수 있어. 그럼, 잘 참을 수 있고말고.

하지만 내 온 마음을 맡겨둔 곳, 내 생사가 걸린 그 곳,

후손을 볼지 자손의 씨가 마를지 결정되는 그 샘물이,

결국 나를 거부하다니!

더러운 두꺼비와 붙어먹어 새끼를 치게 될

웅덩이로 만들어 놓다니.

여린 장밋빛으로 물든 입술을 가진 인내의 천사여,

바로 그곳에서 그대의 낯빛이 변하리라.

아아, 그 곳에서 지옥처럼 소름끼치는 광경을 보리라.

데스데모나 고결하신 장군님이 제 정절을 믿어 주시길 바랍니다.

오셀로 아아! 도축장에서 여름날 파리 떼가

바람이 불자 서로 교미하는 것과 같은 정절이겠지.

아아, 당신은 그저 잡초에 불과하지만,

너무나 사랑스러우면서도 아름답고

그 향기마저 너무 달콤해서 아픔이 느껴질 정도야.

차라리 세상에 나지 않았다면 좋았으련만!

데스데모나 아아, 제가 미처 모르는 사이 무슨 죄를 저질렀나요?

오셀로 새하얀 종이, 가장 훌륭한 이 책에는

'창녀'라는 글자가 찍힐 운명이었던가?

무슨 짓을 저질렀냐고? '저질렀냐'고 물었느냐?

오, 이 흔해 빠진 매춘부 같으니라고!

네년의 행실을 입에 담는 순간

화로처럼 달아오른 내 두 볼이

수치심으로 활활 타서 재가 되고 말 텐데.

지은 죄를 말해 달라?

하늘이 코를 막고 달이 눈을 찡그리고

스쳐 지나는 것마다 입을 맞추는 음탕한 바람마저

저 움푹 파인 땅굴로 들어가 입을 막고

귀를 막을 판에. 저지른 죄를 물어!

이 파렴치한 화냥년아!

데스데모나 하늘에 맹세코, 저를 오해하고 계십니다.

오셀로 그럼 네년이 창녀가 아니더냐?

데스데모나 아닙니다. 저는 그리스도를 믿는 사람입니다.

제 부군을 위해 가증스럽고 허락받지 못한 이가

저를 손대지 못하도록 제 몸을 지키려 한다면

창녀가 아니지요. 절대 아니지요.

오셀로 뭐라? 창녀가 아니다?

데스데모나 하늘에 맹세코 아닙니다.

오셀로 가당키나 한 소린가?

데스데모나 오, 하느님, 저희를 용서하소서!

오셀로 그렇다면 자비를 구하겠소.

내 당신을 그 오셀로라는 자와 결혼한

교활한 베니스 창녀와 착각했소.

밖에 당신! 에밀리아 여사!

(에밀리아 등장)

성 베드로를 등지고 지옥문을 지키는 일을 맡은,

이봐 당신, 그래 당신 말이야!

우리는 이제 끝이야. 고통에 대한 값은 여기 지불하지.

문을 잠그고 나눈 얘기에 대해 입도 뻥긋하지 말도록.

에밀리아 세상에. 이분이 도대체 무슨 상상을 하시는지?

괜찮으세요? 좀 어떠세요, 고결하신 우리 마님?

데스데모나 정말이지 넋이 반쯤 나간 것 같아.

에밀리아 마님, 장군님께 무슨 일이 생긴 걸까요?

데스데모나   누구?

에밀리아   아니, 마님의 부군 되시는 분 말입니다.

데스데모나   누가 부군이라는 거야?

에밀리아   마님의 부군이요, 착한 우리 마님.

데스데모나   내게 남편은 없어. 아무 말도 마, 에밀리아.
          울지도 못하겠고 어떤 답도 해 줄 수 없는데
          눈물 없는 답을 할 수가 없는걸. 오늘 밤은 부디
          신혼 첫날에 썼던 이불을 침대에 깔아 줘. 기억해 두고,
          네 남편을 이리로 불러 줘.

에밀리아   정말 무슨 변고가 생긴 거야!

          (에밀리아 퇴장)

데스데모나   난 그에게 이런 대접을 받을 만할거야. 아주 당연한 거야.
          그간 행실이 어땠기에 극히 사소한 실수를 두고 내린
          미미한 불만에 집착하게 된 것일까?

          (에밀리아, 이아고와 함께 등장)

이아고   무엇을 도와 드릴까요, 마님? 무고하신지요?

데스데모나   잘 모르겠어요. 어린아이를 가르치는 사람들은
          다정하고 쉽게 하잖아요.
          저도 고작 그런 대우를 받은 것일 테죠. 하지만 정말이지
          전 아이처럼 야단 맞는 일에는 익숙하지 않나 봅니다.

이아고   무슨 문제라도, 부인?

에밀리아   원 세상에, 이아고. 장군님이 마님을 창녀 취급했다고요.

무척 노하셔서 차마 마음이 버텨낼 수 없는
막말을 마님께 쏟아 내시지 뭡니까?

데스데모나 제가 그런 소리까지 들어야 하나요, 이아고?

이아고 무슨 소리요, 아름다운 마님?

데스데모나 장군님이 나를 그렇게 불렀다고 에밀리아가 말했잖아요.

에밀리아 창녀라 부르셨다고요. 술 마시러 간 거지도
자기가 상대하는 창녀를 그렇게 부르진 않지요.

이아고 장군님이 왜 그러셨을까요?

데스데모나 저는 모르지요. 전 분명 그런 사람이 아닙니다.

이아고 울지 마십시오. 울지 마세요. 오늘은 운이 없으시군요!

에밀리아 집안 좋은 신랑감도 수도 없이 거절하고,
마님의 아버지도, 나라도, 친구들도 모두 저버렸는데
창녀라니요? 누가 안 울겠어요?

데스데모나 불우한 운명을 타고난 게지.

이아고 그런 말을 입에 담으시다니 저주나 받으라지요.
어쩌다 그런 거짓말에 속으신 걸까요?

에밀리아 평생 악랄한 짓만 일삼을 어떤 놈의 모함임에
내 목을 걸겠어요.
참견이나 좋아하고 아부하느라 몸이나 꼬는 사기꾼이나
하찮고 속임수나 부리는 노예 자식이
한 자리 얻으려고 그런 헛소문을 퍼뜨린 것이 아니면
내 목을 매다셔도 좋다고요!

이아고 어허, 그런 사람이 어디에 있단 말이오? 가당키나 한가?

데스데모나 그런 자가 있어도 하늘만은 용서하시겠지요.

에밀리아	목을 조르는 밧줄이 돕고 지옥이 그놈의 뼈를 잘근잘근
	씹어 먹겠지요!
	왜 "창녀"라고 하십니까?
	누가 마님 옆을 졸졸 따라다녔는데?
	어디서? 언제? 어떤 식으로?
	그럴 가능성은 어디 있답니까?
	무어 님이 분명 지독히도 악독한 놈에게 속으셨어요.
	천박한데다 천하의 악당에, 쓸모없는 개자식에게요.
	오, 하느님, 그 악질이 누군지 밝혀서
	녀석을 벗겨다가 동에서 서로 온 세상을 돌면서
	정의로운 사람들에게 채찍을 쥐어 주고
	사정없이 휘갈기게 하면 원이 없겠어요.
이아고	말소리 좀 낮춰.
에밀리아	오, 그런 악질들 저주나 받으라지!
	당신 정신이 회까닥 돌아서
	내가 무어 님과 정을 통했다고 의심하게 만든
	그놈들과 뭐가 다르겠어?
이아고	멍청해 가지고선. 입 다물어.
데스데모나	오, 하느님. 이아고,
	장군님의 마음을 다시 얻으려면 무얼 해야 할까요?
	선량한 벗이여, 그를 만나 보세요.
	오직 하늘을 두고 맹세지만
	무엇 때문에 그분 마음이 돌아섰는지 모르겠어요.
	이렇게 무릎을 꿇겠어요.

생각을 품었다든지 실행을 했다든지

그의 사랑에 어긋나는 일을 한 적이 있다면,

혹은 내 눈과 귀와 어떤 감각으로

다른 육체를 취하는 쾌락을 범했다든지,

혹은 그분을 사랑한 적도, 사랑하지도,

사랑하게 되지도 않을 것이라면,

위안을 모두 빼앗겨도 좋습니다. 장군님이

저를 뿌리치고 초라한 이혼녀로 남을지라도 말입니다.

무정함은 큰 힘을 발휘합니다.

장군님이 저를 무정하게 대한다면 내 삶은 망가지겠지만

내 사랑에 흠집을 내지는 못할 거예요.

"창녀"라는 말은 차마 입에 담지 못하겠어요.

그 말을 내뱉은 제 자신이 경멸스러울 따름입니다.

세상의 보석을 모두 주어도

그런 말을 들을 만한 행동은 절대 하지 않을 겁니다.

이아고 부디, 진정하십시오. 그저 기분 탓이지요.

나랏일로 속이 상하셔서 마님을 책망하신 것뿐입니다.

데스데모나 정말 그게 다라면—

이아고 단지 그 이유뿐입니다. 제가 장담하지요. (나팔소리)

들어보세요. 저녁 만찬에 참석하라는 명입니다.

베니스에서 온 전령들이 식사하려고 기다리겠습니다.

안으로 들어가십시오. 울지 마시고요. 다 잘 될 것입니다.

(데스데모나와 에밀리아 퇴장)

안녕하신가요, 로더리고!

로더리고 자네가 날 대하는 방식은 적절치 못해.

이아고 적절치 않다니, 거 무슨 소리요?

로더리고 매번 비열한 수법으로 나를 따돌리잖아, 이아고.

자네 가만히 지켜보니까

내게 낙관할 만한 최소한의 좋은 기회를 주기는커녕

되레 멀리 떨어뜨려 놓잖아.

이젠 정말 못 참아.

순진한 나를 속이고 곤욕스럽게 한 일도

조용히 넘어갈 줄 아나?

이아고 제 얘기 좀 들어 보십시오, 로더리고.

로더리고 너무 많이 들었다네.

자네 말이랑 행동은 앞뒤가 맞지 않아.

이아고 저를 너무 부당하게 몰아붙이십니다.

로더리고 모두 사실일 뿐이야.

공을 들이느라 재산을 너무 탕진해 버렸어.

데스데모나 양에게 전달해 주겠다고 한 그 보석들이면

수녀도 반쯤 넘어오게 할 수 있었다고.

자네는 그 보석들을 그녀에게 전달했다고 말했어.

그래서 그녀도 보답으로 호의도 약속하고 독려도 하고,

생각해 보고 보상하겠다는 눈치를 보냈다고 했지만

나는 전혀 아는 바가 없네.

이아고 좋습니다. 알겠습니다. 잘됐네요.

로더리고 잘됐다느니 알겠다느니, 이 사람아. 난 아는 바도 없고

잘된 일도 없어. 그보단 내 자신이 초라해지고

몽땅 속았다는 생각이 드는구면.

이아고 잘됐네요.

로더리고 잘된 일이 없다니까 그러네. 내 데스데모나 양에게
직접 찾아가서 말하겠네. 그녀가 내 보석을 돌려주면
내 청을 거두고 내 불온한 간청에 대해 사과하겠네.
돌려받지 못하면 내 자네에게 그 보상을 요구할 테니
명심하게나.

이아고 말 한 번 제대로 하셨네요.

로더리고 물론이지. 난 앞으로 어떻게 처리할지
세상에 엄숙하게 알리는 바이네.

이아고 원, 이제야 배짱을 보여 주시는군요. 이제부터는
전보다 더욱 높게 평가해 드릴 수 있겠군요.
제게 손을 내미세요, 로더리고 선생. 제게 품은
불만에 대해서는 충분히 납득이 갑니다만, 저는 분명
당신을 돕기 위해 모든 일을 다 했습니다.

로더리고 그렇게 보이지 않네만.

이아고 겉으로 그리 보이지 않았다는 점, 인정합니다.
지혜와 판단력 없이는 그런 의심도 불가능하지요.
하지만 로더리고 선생, 진정 그런 면모를 가지셨다면,
덕분에 훨씬 믿음직스러워 보이십니다그려.
그러니까 제 말은 그런 결단력과 두둑한 용기를 가졌다면
오늘 밤에 당장 보여 주십시오.
내일 밤에도 데스데모나 양을 취하지 못하면
사기죄로 저를 곧바로 저승으로 보내거나

제 목숨을 앗아갈 음모를 꾸며도 좋습니다.

로더리고 그럼……. 계획이 뭔가? 합리적이고 가능한 해결책인가?

이아고 선생, 베니스에서 오셀로의 직무를

캐시오에게 인계하라는 특명을 내렸소.

로더리고 사실인가? 아니 그럼, 오셀로와 데스데모나 양이

베니스로 다시 복귀하겠구먼.

이아고 오, 아니지요. 마우레타니아[12]로 아름다운 데스데모나 부

인을 데리고 돌아가겠지요. 갑작스런 일로 여기에서 더

오래 묵을 일만 없다면 말입니다. 무어 놈의 일정을 늦추

려면 캐시오를 제거하는 방법이 제일이지요.

로더리고 제거하다니? 무슨 뜻이야?

이아고 그거야 물론 오셀로의 직무를 인계받지 못하도록

캐시오의 대갈통을 날려 버려야지요.

로더리고 그래서 나보고 그 일을 해치우라고?

이아고 그렇지요. 이득을 보고 권리도 찾으려면 그리 하셔야죠.

오늘 밤 캐시오는 매춘부와 식사를 할 겁니다.

저도 동행할 예정이지요.

그는 아직 자기가 영예로운 행운을 얻게 된 것을

모르고 있어요.

캐시오 녀석이 여길 지나가는 것이 보이면,

그러니까 자정에서 한 시 사이,

그자가 이 자리를 딱 지나도록 내가 조치를 취하겠소.

---

12) 고대 북아프리카 지역. 현재의 알제리 서부에서 모로코의 대서양 연안을 포함.

그럼 그때, 선생이 캐시오 녀석을

마음 내키는 대로 처리하십시오.

저는 근처에 있다가 선생을 돕겠소.

그러면 우리 둘이 그자를 해치울 수 있소.

자, 자, 놀라서 가만있지만 말고 함께 움직입시다.

선생이 그자를 왜 꼭 죽여야 하는지

내 그 이유를 세세히 알려 주리다.

마침 약속한 저녁시간이 다 되었군요.

이 밤이 얼마 남지 않았으니 어서 행동을 개시합시다.

로더리고   더 자세한 얘기를 듣고 싶네.

이아고   듣게 될 겁니다. 원하는 것은 모두 듣게 될 거예요.

(로더리고와 이아고 퇴장)

제3장

성안의 다른 방

(오셀로, 로도비코, 데스데모나, 에밀리아, 시종들 등장)

로도비코　장군님, 너무 무리하지 마십시오.

오셀로　아, 무리라니요. 걸으면 제 건강에도 좋겠지요.

로도비코　부인, 안녕히 주무십시오. 정말 고맙습니다.

데스데모나　모시게 되어 무척 영광입니다.

오셀로　저와 좀 걸으시겠습니까? 오, 데스데모나.

데스데모나　네, 장군님?

오셀로　곧바로 침실로 가시오. 나도 금방 가겠소.

　　　　　　시녀들을 모두 내보내시오. 내 말 명심하시오.

데스데모나　말씀대로 하겠습니다, 장군님.

　　　　　　(오셀로, 로도비코, 시종 퇴장)

에밀리아　이제는 좀 어떠세요?

아까보다 좀 부드러워지신 것 같지요?

데스데모나 장군님이 곧 돌아갈 테니 침실로 가되,

에밀리아는 내보내라고 명하셨어.

에밀리아 저를 내보내라고요?

데스데모나 그렇게 명하셨어. 그러니 친절한 에밀리아,

내게 잠옷을 가져다주고 가 봐.

장군님 심기를 건드리면 안 되니까.

에밀리아 그러지요.

마님이 장군님을 알지 못했더라면 좋을 뻔 했어요.

데스데모나 난 그렇게 생각하지 않아.

장군님에 대한 내 사랑은 몹시 깊어.

거칠어져도, 꾸짖어도, 찡그려도 말이야.

머리핀 좀 빼 주겠어?

우아하고 매력이 넘쳐 보이는걸.

에밀리아 깔아 달라고 부탁하신 이불로 준비했어요.

데스데모나 무엇이든 좋아. 오! 하나님 아버지,

인간의 마음이란 참 우스워!

내가 에밀리아보다 빨리 죽게 되면

꼭 이 중 한 장으로 내 몸을 감싸줘.

에밀리아 어머 세상에! 그런 말씀을 하시다니!

데스데모나 어머니에게는 바바라라는 하녀가 있었어.

바바라는 사랑에 빠졌지만

상대는 야만스러운 사람이었어.

그는 결국 바바라를 떠나 버렸지.

바바라는 '버들'이라는 옛 노래를 알았는데

그 가사가 마치 자기가 처한 운명 같았던 거야.

결국 그 노래를 부르면서 죽었지.

오늘 밤 그 노랫가락이 내 머릿속을 떠나지 않아.

절망한 채 고개를 숙이고

가엾은 바바라처럼 그 노래를 부르지 않는 것이

내가 할 수 있는 진부야. 부탁이야, 이제 가 봐.

에밀리아   잠옷을 가져다 드릴까요?

데스데모나   아니야, 머리핀만 뽑아 주면 돼.

로도비코는 참 멋지지.

에밀리아   아주 잘 생겼어요.

데스데모나   말도 참 잘하고.

에밀리아   이런 분에게 키스를 받을 수 있다면

맨발로도 팔레스타인까지 걸어올 법한

베니스 처녀를 한 명 알지요.

데스데모나   (노래한다.)

그 가엾은 영혼이 무화과나무[13] 아래에 앉아 노래하네.

모두들 푸른 버들을 노래해요.

가슴에 손을 얹고 얼굴을 무릎에 기대고선

버들, 버들, 버들을 노래해요.

맑은 시냇물이 여인 곁을 지나

---

13)   무화과나무를 의미하는 'syc-amore'는 가슴 아픈 사랑을 의미하는 'sick amour'와 동
음이의어이다. 이를 이용한 언어유희.

그렁그렁 흐느끼며 흘러가네.

버들, 버들, 버들을 노래해요.

짠 눈물이 흐르고 또 흘러 바위를 녹이네.

버들, 버들, 버들을 노래해요.

(말한다.) 이 물건들은 저쪽으로 치워줘.

버들, 버들을.

서둘러. 장군님이 곧 오실지도 모르니.

모두들 노래해요. 푸른 버들은 나의 화환.

그 누구도 그를 원망하지 않아요.

날 싫어하는 건 당연하니.

아니야, 가사가 틀렸군.

들어봐! 누군가 문을 두드리지 않아?

에밀리아 바람이에요.

데스데모나 (노래한다.)

날 사랑하지 않는다고 그에게 말했더니 그가 대답해요,

버들, 버들, 버들을 노래해요.

"내가 구애하는 여인이 많아질수록

당신도 더 많은 남자와 잠자리에 들라고"

이제 가 봐. 잘 자. 눈이 따끔거려.

곧 울게 될지도 모른다는 징조일까?

에밀리아 그 어떤 징조도 아니랍니다.

데스데모나 그렇다고 들었어.

아아, 그런 사람들이 있다니, 그런 사람들이!

정말 그렇다고 생각해? 말해줘, 에밀리아.

그렇게 역겨운 짓을 하며

남편을 속이는 여자들이 있다고?

에밀리아 그런 여자들이 있고말고요. 말이 필요 없지요.

데스데모나 세상을 다 준다면 너도 그런 짓을 할 거야?

에밀리아 아니, 왜 안하겠어요?

데스데모나 하늘에 맹세코 절대 안 해!

에밀리아 저도 안 해요. 하늘에 맹세코는.

하늘이 못 보는 캄캄한 곳에서라면 모를까.

데스데모나 세상을 다 얻으려고 그런 짓을 하겠다고?

에밀리아 세상이 얼마나 큰데요.

죄는 그렇게 작은데 보상은 어마어마하잖아요.

데스데모나 진짜 그런 짓을 하진 않겠지.

에밀리아 진짜 그럴 거예요.

일단 일은 저지른 후에 무효라고 하면 되지요.

원, 세상에나! 고작 예쁜 반지나 고급 리넨,

멋진 드레스나 페티코트,

모자나 작은 선물 따위를 얻겠다고

그런 짓을 하진 않겠지요. 하지만 세상을 전부 주면요?

아니, 하룻밤만 다른 놈이랑 자고

남편을 왕으로 만들 수 있다는데 누가 안하겠어요?

그리 할 수만 있다면 연옥이라도 감수하겠어요.

데스데모나 날 원망해도 좋아. 세상을 다 줘도

그런 나쁜 짓은 하지 않을 테야.

에밀리아 어머나! 지금 이 세상에서는 나쁜 짓일지 몰라도

마님이 세상을 얻으면 마님이 주인인 세상에서의 일이니

그때 가서 바로잡으시면 되죠.

데스데모나 그런 여자가 정말 있진 않을 거야.

에밀리아 있지요. 한 뭉치는 될 겁니다.

알고 보면 훨씬 많을 테지요.

놀아나서 낳은 자식으로 세상도 채울 만큼이요.

하지만 우리 아내들이 타락한다면 그건 분명

남편들 탓이라 생각해요.

예를 들면, 남편의 의무를 저버리고

다른 여자에게 우리 보물들을 안겨 주잖아요.

혹은 질투심에 심술이 나서

아내를 가둬 버리지요. 우리 아내들을 때리질 않나,

악의로 자금줄을 끊어 버리질 않나.

여자들도 분한 감정을 느낀다고요.

물론 자비를 베풀 수도 있지만

복수심도 분명 느끼지 않겠어요?

우리 여자들도 남자들처럼

시각에, 후각에, 쓴맛, 단맛까지 다 느끼는

혀도 달려 있는지라. 왜 남편들은 우리 아내들 대신

다른 여자로 갈아 치울까요? 재미로 그러나요?

맞을 겁니다. 정욕 때문에요?

네, 그럴 거예요. 나약해서 실수하는 것이라고요?

그렇고말고요. 헌데 우리는 남자들처럼

정욕이고, 재미고, 나약함이 없답니까?

그러니 아내한테 잘해야지요.

잘하지 않으면 그 나쁜 짓을

아내들이 남편들 행실을 보고 배웠다는 걸

알려 줄 수밖에요.

데스데모나 잘 자요. 잘 자요. 부디 신께서 저에게 그런 여인을 통해

가르침을 베푸시길 빌어요.

악행을 보고 배우기보단 피하라는 뜻이길!

(퇴장)

제5막

제1장

사이프러스 섬, 어느 거리

(이아고와 로더리고 등장)

이아고　　여기, 이 불룩한 벽 뒤에 서 있으세요.

곧 그가 나타날 것입니다.

선생의 훌륭한 쌍날칼은 뽑아 두셨다가

최대한 깊이 찔러 넣으세요.

어서, 어서! 두려워 마십시오.

팔꿈치에 제가 딱 붙어 있겠습니다.

성공하지 못하면 우리 둘 다 망하는 겁니다.

명심하시고 마음을 단단히 먹으세요.

로더리고　딱 붙어 있게나. 망칠지도 모르니.

이아고　　자, 붙어 있습니다. 자신감을 가지고 자리를 잡으세요.

(이아고가 옆으로 물러선다.)

로더리고 이 일에 엄청난 노력을 쏟아 부으려는 건 아니지만

이아고가 흡족할 만한 이유를 말해주었지.

고작 한 명이야. 검을 앞으로 쭉 뻗으면 녀석은 죽는 거야.

이아고 (방백) 한창 부풀어 오른 뾰루지를 문질러

감각을 일깨워 주었더니 결국은 곪아 터지고 말았구나.

이제 저놈이 캐시오를 죽이건,

캐시오가 저놈을 죽이건,

서로가 서로를 죽이건, 어느 쪽이든 내게 이득이구나.

로더리고가 목숨을 건지면

데스데모나에게 선물로 바친답시고 내가 가로챈

그 많던 금이고 보석이고 죄다 돌려 달라고 할 테지.

절대 안되지. 캐시오가 살아남으면

잘생긴 외모와 뛰어난 언변술 덕에

내가 뒤떨어져 보일지도 몰라.

게다가 무어 놈이 캐시오에게 내가 한 말을 폭로하겠지.

그러면 난 위태로워질 거야.

안 되지. 캐시오는 죽어야 해. 그리 되도록 해야지.

녀석이 오는 소리군.

(캐시오 등장)

로더리고 그놈 걸음걸이를 내 알지. 그놈이 맞아.

이 사악한 놈, 죽어라!

(캐시오를 찌른다.)

캐시오 쑤셔 넣은 칼이 나를 해칠 뻔했다만

내 갑옷은 네놈 예상보다 훌륭하다.

네놈 갑옷은 어떤지 어디 확인해 보자.

(칼을 뽑아 로더리고를 찌른다.)

로더리고 아아, 죽는구나.

(이아고, 뒤에서 나와 캐시오의 다리를 찌르고 퇴장한다.)

캐시오 평생 절름발이가 되겠구나.

살려주시오, 이보게들! 살인이요! 살인!

(오셀로 등장)

오셀로 캐시오의 목소리군. 이아고가 약속을 지켰어.

로더리고 오오, 난 참으로 사악한 놈이야!

오셀로 그렇고말고.

캐시오 오오, 도와주시오. 이보시오!

불을 켜시오! 의사를 부르시오!

오셀로 그놈이야. 오오, 용감한 이아고. 정직하고 정의로운지고.

벗의 불행한 처지를 이토록 생각해 주다니!

내게 깨우침을 주는구나.

천한 년, 거짓말은 끝났어.

네년의 저주받은 운명도 끝으로 치닫는구나.

창녀야 내가 간다.

내 마음에서 그토록 매력적인 눈도 모두 지워지는구나.

너의 침상이 정욕으로 얼룩졌듯이,

그 정욕의 유혈로 얼룩지게 해 주마.

(오셀로 퇴장, 로도비코와 그라시아노 등장)

캐시오   아니, 이보게들! 보초도, 지나가는 사람도 없소?

                   살인이요! 살인!

그라시아노 변고가 생긴 모양입니다. 몹시 겁에 질린 목소리군요!

캐시오   아아, 도와주십시오!

로도비코 들어 보시오!

로더리고 아아, 고약한 짓을 저질렀어!

로도비코 신음하는 사람이 두어 명쯤 되는 것 같소.

                   밤이 깊었으니 함정일지도 모르오.

                   도움 줄 사람이 나타날 때까진

                   소리가 들리는 쪽으로 가는 건 위험합니다.

로더리고 아무도 없어? 그렇다면 피를 흘리다가 죽겠구나.

로도비코 보시오!

(이아고, 불을 들고 등장)

그라시아노 누군가 양초와 무기를 들고 잠옷을 걸친 채

                   이리로 오고 있소.

이아고   거기 누구십니까? 살인이라 소리치는 자가 누구요?

로도비코 우리도 모르겠소.

이아고   고함 소리는 들으셨소?

캐시오	여기, 여기요! 하늘이시여 저를 도우소서!
이아고	무슨 일입니까?
그라시아노	제가 보기에 이 사람은 오셀로 장군님의 기수인 것 같군요.
로도비코	그렇군요. 아주 용감한 분이지요.
이아고	(캐시오에게) 어째서 그렇게 처절하게 소리치십니까?
캐시오	이아고 자넨가? 부상을 입었네. 악랄한 녀석이 날 해쳤어.
	좀 도와주게나.
이아고	아니, 세상에! 부관님! 어떤 사악한 놈이 이랬습니까?
캐시오	한 놈은 근처에 있을 거야.
	멀리 가진 못했을 것이네.
이아고	오오, 지독한 악당이로구나!
	거기 계신 분들은 뉘신지? 와서 도와주시지요.
로더리고	아아, 날 좀 도와줘!
캐시오	저놈이 그 중 한 놈일세.
이아고	오오, 천한 살인마 녀석! 오오, 사악한 놈!
	(로더리고를 찌른다.)
로더리고	오오, 빌어먹을 이아고! 이 잔혹한 개자식!
이아고	캄캄한 데서 사람을 죽여?
	이 잔인한 살인마들은 어디에 있을까?
	그 마을 한번 참 조용하구먼!
	누구 없소! 살인이요! 살인이 일어났다니까!
	누구시오? 무고한 시민이요, 악당이요?
로도비코	직접 보면 아실 테니 보고 판단하시지요.
이아고	로도비코 경이십니까?

로도비코 그렇소, 선생.

이아고 자비를 베풀어 주십시오.

 캐시오 님이 악당에게 부상을 입었습니다.

그라시아노 캐시오라고!

이아고 벗이여, 좀 어떠십니까?

캐시오 다리가 두 동강났어.

이아고 세상에, 당치 않습니다!

 여러분들, 불을 좀 가져다 주세요.

 제 셔츠로 상처를 감싸겠습니다.

 (비앙카 등장)

비앙카 무슨 일이람, 세상에? 소리친 사람이 누구랍니까?

이아고 소리친 사람이 누구냐 하면?

비앙카 오오, 내 사랑 캐시오!

 다정한 나의 캐시오! 아아 캐시오, 캐시오, 캐시오!

이아고 추잡하기로 소문난 매춘부 같으니라고!

 캐시오 님, 부관님을 해칠 만한 놈 중

 짐작 가는 놈이 있으십니까?

캐시오 없어.

그라시아노 하필 변을 당한 가운데 마주치다니 유감이오.

 부관을 찾아다니던 참이었소.

이아고 저기 양말대님을 좀 빌려주시지요.

 아아, 캐시오 님을 실어 나를 것이 있으면 좋을 텐데.

비앙카	맙소사, 기절했어요! 오오! 캐시오, 캐시오, 캐시오!
이아고	신사 여러분, 저는 이 쓰레기 같은 계집이
	부상을 입힌 일당과 관련이 있다고 생각합니다.
	조금만 참으십시오, 선량한 캐시오 님. 어서요, 어서.
	불을 좀 빌립시다. 이 얼굴을 알아보시는 분이 계십니까?
	이럴 수가, 내 친구이자 고향 사람인 로더리고잖아!
	그럴 리가……. 아니, 확실해! 맞아, 로더리고가 맞아.
그라시아노	세상에, 베니스의 그 로더리고란 말이오?
이아고	틀림없이 그 사람입니다. 그를 아십니까?
그라시아노	아냐고요? 알다마다요.
이아고	그라시아노 경, 죄송합니다.
	경을 무심하게 대한 제 태도는
	이 잔혹한 사건으로 대신 설명하지요.
그라시아노	만나서 반갑네만.
이아고	어떠세요, 캐시오 님? 오오, 들것, 들것이 필요해!
그라시아노	로더리고?
이아고	그자, 그자가, 바로 그자입니다. (들것을 들여온다.)
	오, 잘됐군. 들것이야!
	힘 좋은 사람이 캐시오 님을 데려가 주시오.
	난 장군님의 주치의를 모시러 가겠소.
	(비앙카에게) 이 창녀 계집! 너무 애쓰지 마라.
	캐시오 님, 살해당한 사람은 제가 아끼는 친구입니다.
	두 분간에 무슨 원한이 있었던 겁니까?
캐시오	전혀 없어. 그가 누군지도 모른다고.

이아고　(비앙카에게)

　　　　아니, 창백해져?

　　　　오오, 캐시오 님은 다른 곳으로 옮겨 주시오.

　　　　선량하신 신사님들은 여기 계십시오.

　　　　창백해 보이는구먼, 아가씨.

　　　　저년의 눈이 공포에 질린 것을 보셨습니까?

　　　　그러니 뚫어지게 보시면 더 많은 얘기를 듣게 될 겁니다.

　　　　눈여겨보십시오. 부디 잘 들여다보세요.

　　　　여러분 보이십니까? 아닙니다.

　　　　혀를 놀리지 않아도 죄책감은 소리가 나는 법이지요.

　　　　(에밀리아 등장)

에밀리아　세상에, 무슨 일이랍니까?

　　　　여보, 무슨 일이에요?

이아고　캐시오 님이 어두컴컴한 곳에서 로더리고 선생과

　　　　도망간 다른 놈들에게 공격당했어.

　　　　캐시오 님은 거의 죽을 뻔했고

　　　　로더리고 선생은 돌아가셨어.

에밀리아　착한 신사님에게 신의 가호를!

　　　　선량한 캐시오 님에게도 신의 가호가 있기를!

이아고　모든 일이 사창가를 돌아다니다 벌어졌어. 에밀리아,

　　　　캐시오 님이 오늘 밤 어디서 저녁을 드셨는지

　　　　여쭤 봐 주겠어?

(비앙카에게) 아니, 왜 부들부들 떠는 거지?

비앙카 저희 집에서 식사하셨어요.

하지만 그래서 떠는 건 아니에요.

이아고 오호, 그러셨단 말이지? 명령이다. 나와 함께 가자.

에밀리아 어머머, 지옥에나 떨어져라, 이 창녀야!

비앙카 난 창녀가 아니야. 날 욕하는 당신만큼이나

정절을 지키며 살았다고.

에밀리아 나만큼이라고! 빌어먹을 년!

이아고 친절하신 신사님,

캐시오 님이 상처 치료를 잘 받았는지 보러 가시지요.

매춘부 아가씨도 가지. 다른 얘기도 털어놔야지.

에밀리아, 요새로 급히 가서

장군님과 부인께 무슨 일이 일어났는지 밀쏨드려.

당장 출발해.

(혼잣말로) 오늘 밤이야말로 내가 성공할지

철저하게 파멸하게 될지 결판이 나겠구나.

(모두 퇴장)

제2장

성안의 침실

(오셀로, 촛불을 들고 등장. 데스데모나, 침대에 잠들어 있다.)

오셀로 내 영혼아, 그럴만한 명분이 있어. 명분이 있다고.
순결한 별들이여, 그 명분이 무엇인지
입 밖으로 내뱉지 않게 해주오.
그럴만한 명분이 있으니.
눈보다 희고 석고로 된 비석만큼 매끈한 그녀의 피부에
피가 흐르게 하거나 상처 입히진 않겠어.
하지만 죽여야만 해.
그렇지 않으면 더 많은 남자를 배신할 테니.
촛불을 끄자. 그리고 저 빛도 꺼야지.
타오르는 촛불, 너를 끄면
애석한 마음이 들 때 다시 그 불을 밝힐 수 있겠지만

교묘하게 짜인 문양처럼 탁월한 성품을 지닌 그대,

그대의 빛을 꺼뜨리면

그 빛을 다시 밝혀 줄 프로메테우스의 불을

어찌 찾을 수 있으리오. 이 장미를 꺾어 버리면

두 번 다시 피어날 생명을 얻지 못하고 시들어 버리겠지.

나무에 있는 동안만이라도 향기를 맡아 봐야지.

아아, 너무도 아득한 이 향기에 넘어가

정의의 여신도 칼을 부러뜨리겠구나!

한 번 더, 한 번만 더.

죽더라도 이 아름다움 변치 않았으면.

그대를 죽여도 내 사랑은 변하지 않을 테니.

한 번 더, 마지막으로 한 번만 더.

(향기를 맡더니 그녀에게 키스한다.)

이리도 향기로운데 그토록 치명적이라니!

눈물이 흐를 수밖에.

허나 이것도 잔인한 눈물이며 하늘의 슬픔일 뿐이로다.

사랑하는 이를 내리칠 눈물. 그녀가 깨는구나.

데스데모나 거기 누구세요? 오셀로 님?

오셀로 그렇소, 데스데모나.

데스데모나 침상으로 드시겠어요, 장군님?

오셀로 오늘 밤 기도는 드렸소이까, 데스데모나?

데스데모나 네, 장군님.

오셀로 아직 하늘과 신의 은총에

고백하지 않은 죄가 있다고 생각되면

속히 용서를 구하시오.

데스데모나 아아, 장군님. 무슨 뜻으로 하는 말씀인가요?

오셀로 글쎄, 어서 하라고. 서두르시오.

난 한쪽으로 물러나 있을 테니.

준비도 못한 넋을 저 세상으로 보낼 순 없지.

그러면 안 되지. 당치 않아. 영혼마저 죽일 순 없어!

데스데모나 죽인다고 하셨나요?

오셀로 그리 말했소.

데스데모나 그렇다면 하늘이시여, 저에게 자비를 베푸소서!

오셀로 진심을 다해 아멘.

데스데모나 그리 답하신다면 부디 절 죽이지 말아 주세요.

오셀로 어헛!

데스데모나 당신이 두려워요.

그렇게 눈동자를 굴리실 때는 겁이 나요.

제가 알기론 잘못한 일이 없는데도

왜 겁이 나는지 모르겠어요. 아직도 무섭군요.

오셀로 당신이 저지른 죄를 생각해 봐.

데스데모나 당신에게 품은 사랑이 죄라면 죄지요.

오셀로 그렇지. 그래서 당신은 죽어야 해.

데스데모나 사랑한 죄로 죽이다니 가당치 않군요.

아아, 왜 그렇게 아랫입술을 물고 계시나요?

피비린내 나는 분노가 당신의 육체를 뒤흔들었군요.

불길한 징조군요. 하지만 제게 닥칠 일은

아니길 바라고 또 바랄 뿐이에요.

오셀로	시끄럽소. 조용히 하시오.
데스데모나	네, 그러지요. 뭐가 문제인가요?
오셀로	내가 무척 소중히 간직하다가 그대에게 준
	그 손수건을, 그대는 캐시오에게 줘 버렸어.
데스데모나	아니에요. 내 목숨과 영혼을 걸고 맹세해요!
	그를 불러 물어보세요.
오셀로	신량한 이여, 조심하시오.
	위증을 저지르지 않도록 조심하시오.
	당신은 임종을 맞았으니.
데스데모나	아니, 아직 죽진 않았어요.
오셀로	지금은 그렇지.
	그러니 이제 거침없이 죄를 털어놓으시오.
	당신은 각각의 죄목에 대해 맹세하며 부정했지만
	내면에서 신음하는 이 강력한 의혹들을
	없애거나 침묵하게 할 수 없소. 당신은 죽어야 해.
데스데모나	그렇다면 하늘이시여, 제게 자비를 베푸소서.
오셀로	나도 아멘으로 답하지.
데스데모나	당신에게도 자비를 베푸시기를.
	난 일생 동안 단 한 번도 당신을 욕되게 한 적이 없어요.
	캐시오 님을 사랑한 적도 절대 없어.
	그래봤자 하늘이 언제나 허락하는
	그런 인정에 불과한 사랑이었을 뿐.
	정표 따위를 준 적도 없었다고요.
오셀로	하늘에 맹세코, 내 손수건을 들고 있던 그를 보았소.

오오, 거짓을 내뱉는 여인이여,

내 마음을 돌처럼 굳게 만드는구려.

내가 하려는 일을, 희생이라 여겼던 그 일을

그저 살인으로 만들 셈인가?

나는 그 손수건을 보았단 말이오.

데스데모나 그렇다면 그가 주운 것이지

저는 절대 준 적이 없어요. 그를 여기로 불러들이세요.

사실을 털어놓으라고 하라고요.

오셀로 그는 실토했소.

데스데모나 무엇을요, 장군님?

오셀로 그가…… 죽일 놈이, 당신을 욕보였다고!

데스데모나 어떻게요? 부정을 저질렀다고요?

오셀로 그렇소.

데스데모나 그리 말했을 리 없어요.

오셀로 없지. 입이 멈춰 버렸으니까.

정직한 이아고가 그에 맞는 조치를 취했거든.

데스데모나 아아! 최악의 상황이 그려지는군요. 아아, 죽었습니까?

오셀로 그의 목숨이 머리털만큼 많았어도

내 거대한 복수심이 그 목숨을 모두 삼켜 버렸을 것이오.

데스데모나 아아, 그는 배반당했고 나는 파멸을 맞았군요.

오셀로 쳇, 창녀 계집! 내 면전에서 그를 위해 눈물을 흘려?

데스데모나 오, 장군님. 저를 추방하시되 죽이지만은 말아 주세요!

오셀로 누워, 이 창녀야!

데스데모나 내일 죽여 줘요. 오늘 밤만이라도 살려 주세요!

오셀로	안되지. 아무리 몸부림을 쳐도.
데스데모나	단 반 시간이라도!
오셀로	이미 시작한 일을 멈출 순 없는 법.
데스데모나	기도라도 한 번 하게 해 줘요!
오셀로	너무 늦었어. (목을 조른다.)
에밀리아	(안에서) 계세요? 장군님! 장군님!
오셀로	밖에 누군가?
에밀리아	(안에서) 오오, 선량하신 장군님, 드릴 말씀이 있어요.
오셀로	그래. 에밀리아구나. (에밀리아에게) 잠깐이면 돼. 죽었구나.

오셀로 목소리가 커진 걸 보니 캐시오가 죽은 일을 전하러 왔군.

그렇군! 더 이상 움직이지 않는구나?

무덤처럼 고요하군. 들어오라고 할까? 그래도 괜찮을까?

데스데모나가 다시 움직이는 것 같아. 아니야, 어쩌지?

에밀리아가 들어오면 분명 내 아내에게 말을 걸 텐데.

내 아내! 내 아내라고! 누가 아내야? 내겐 아내가 없지.

아아, 견딜 수 없어! 아아, 괴롭구나!

지금쯤이면 엄청난 일식이나 월식이 일어나겠지.

잔뜩 겁에 질린 세상이 입을 헤 벌릴지도 몰라.

에밀리아 (안에서) 제발 부탁입니다.

드릴 말씀이 있어요! 오오, 선량하신 장군님!

오셀로 깜박했구나. 오, 에밀리아, 들어오너라.

조용조용히, 잠깐. 침대 커튼을 내려야지.

어디 있느냐? 무슨 일이라도 생겼더냐?

(문을 열어준다.)

에밀리아 오, 존경하는 장군님. 끔찍한 살인이 벌어졌습니다!

오셀로 뭐라, 지금?

에밀리아 방금 벌어진 일이에요, 장군님.

오셀로 보름달이 저지른 실수구나.

달이 평소보다 지구에 더 가까이 오면

사람들을 미치게 하지.

에밀리아 장군님, 캐시오 님이 로더리고라는 베니스 청년을

살해하고 말았어요.

오셀로 로더리고가 살해당했다? 캐시오도?

에밀리아 아니오, 캐시오 님은 살해당하지 않았어요.

오셀로 캐시오는 죽지 않았다고?

그렇다면 잘못된 살인이군.

순조로운 복수는 물 건너갔구나.

데스데모나 아아, 부당하게, 부당하게 살해당했어!

에밀리아 하느님 맙소사! 무슨 소리지?

오셀로 소리라니? 무슨?

에밀리아 어머나, 세상에. 마님의 목소리였어요.

(커튼을 걷는다.)

도와줘요, 도와줘, 어머나, 좀 도와주세요!

오오 마님, 다시 말씀해 보세요.

다정한 데스데모나 님, 오오 다정다감하신 주인마님,

말씀하세요!

데스데모나 무고한 죽음을 맞는구나.

에밀리아 오오, 누가 이런 일을 저질렀나요?

데스데모나	누구도 아냐. 내 스스로 그랬어. 안녕.
	착한 우리 장군님께 내 사랑을 전해줘.
	아아, 잘 있어! (죽는다.)
오셀로	이럴 수가, 살해당하다니 어찌된 영문인가?
에밀리아	오, 하느님, 누가 알겠어요?
오셀로	내가 죽인 것이 아니란 말 들었으렷다.
에밀리아	그렇게 말씀하셨어요. 사실을 알려야겠어요.
오셀로	지옥에 떨어지면서도 거짓말을 해대는구나.
	저년을 죽인 건 바로 나야.
에밀리아	오, 천사도 마님보다 선하진 않을 겁니다.
	악마도 당신만큼 사악하진 않다고요!
오셀로	저년은 어리석음에 빠져 버렸어. 창녀라고.
에밀리아	마님을 능멸하다니 당신은 악마야.
오셀로	저년은 물처럼 변덕이 심해.
에밀리아	마님이 변덕스럽다고 말하다니
	당신은 불처럼 성질이 급해.
	아, 마님은 전적으로 진실하신 분이라고!
오셀로	캐시오 자식이 저년 위에 올라탔다고.
	못 믿겠으면 네 남편에게 물어봐.
	오, 깊은 지옥 구덩이에 처박혀도 좋아.
	하지만 난 정당한 명분이 있어서
	이런 극단적인 일을 행했다고.
	네년의 남편이 모두 알아.
에밀리아	내 남편이!

오셀로	네 남편이.
에밀리아	마님이 혼외정사를 벌였다고 그가 말했다고?
오셀로	그래. 상대는 캐시오지. 그녀가 내게 진실했다면
	다른 세상만큼 거대한 감람석을
	하늘이 내게 준다고 했어도
	그녀와 바꾸는 일은 없었을 거야.
에밀리아	우리 바깥양반이?
오셀로	이 여편네야,
	여러 번 말할 필요 없잖아. 네 남편이라고 말했잖아.
에밀리아	오오 마님, 사악한 놈이 사랑을 조롱해 버렸군요.
	남편이 마님을 부정하다고 말했다니!
오셀로	네 남편, 이 여편네야.
	내 분명 네 남편이라 했어. 알아먹었어?
	내 친구이자 네 남편인 정직하고 또 정직한 이아고.
에밀리아	그 사람이 그리 말했다면 그 악의에 찬 영혼이
	하루하루 조금씩 썩어 문드러지길!
	새빨간 거짓말을 한 것입니다.
	마님은 더없이 추잡한 결혼 생활을
	너무도 사랑했을 뿐이에요.
오셀로	뭐라!
에밀리아	어디 한번 최악의 짓을 저질러 보세요.
	이런 짓을 저지른 당신은 마님을 가질 자격도 없거니와
	천국에 가지도 못할 테니.
오셀로	그 입 다무는 게 좋을 게야.

에밀리아 난 당신이 가할 수 있는 고통보다

훨씬 가혹한 고통도 견딜 수 있어.

오, 이 머저리! 멍청한 바보 자식!

먼지만도 못한 아둔한 새끼! 당신은 끔찍한 일을 저질렀어.

네 검 따위는 두렵지 않아.

내 목숨을 스무 번 잃는 일이 있어도

네놈이 한 짓을 사람들에게 알리고 말겠어.

도와줘! 누구 없어! 도와줘!

무어 놈이 우리 마님을 죽였다고! 살인, 살인이야!

(몬타노, 그라시아노, 이아고 등장)

몬타노 무슨 일이오? 무슨 일이 벌어졌단 말이오, 장군?

에밀리아 오오, 납셨네, 이아고 선생? 참 잘도 해냈어.

저 사람들이 네 목에 살인죄를 걸어 마땅해.

그라시아노 무슨 일이란 말이오?

에밀리아 당신이 진정 사람이면

이 악마에게 당신이 틀렸다고 말해.

마님이 부정을 저질렀다고 당신이 저놈에게 말했다며?

당신이 그런 게 아니잖아.

당신은 그렇게 사악한 인간이 아니야.

말해 봐. 내 심장이 터져 버릴 것 같아.

이아고 난 그저 내 생각을 들려줬을 뿐. 장군님 스스로가

타당하고 진실이라 깨닫게 된 그 이상은 말하지 않았어.

에밀리아	하지만 마님이 부정을 저질렀다고 말한 적이 있냐고?
이아고	그랬지.
에밀리아	그럼 넌 거짓을 지껄였어. 고약하고 염병할 거짓을.
	내 영혼을 걸고 그건 거짓이야. 사악한 거짓말이라고.
	마님이 캐시오 님과 정을 통했다고? 캐시오라고?
이아고	그래 마누라, 캐시오와 그랬다고. 이젠 입 닥치고 있어.
에밀리아	입 닥치지 않겠어. 말해야 한다고.
	우리 마님이 살해당해서 침대에 이렇게 누워 계시잖아.
모두들	아니, 이럴 수가!
에밀리아	게다가 당신이 입을 멋대로 놀려서 살인이 벌어진 거야.
오셀로	어허. 그만들 보시지요, 여러분.
	실제로 일어난 일이 분명하니.
그라시아노	실제 치고는 괴이하군.
몬타노	오오, 소름끼치는 짓이오!
에밀리아	악랄해, 악랄해, 악랄하기 그지없어!
	감이 안 좋았어. 낌새가 이상했다고.
	오오, 이리도 악랄할 수가!
	혹시나 그럴지도 모른다는 생각이 들었건만.
	슬픔에 허덕이다가 죽어 버려야지.
	오, 사악해, 사악하기 짝이 없어!
이아고	아니, 이년이 미쳤어? 명령이야. 어서 집으로 가.
에밀리아	신사 여러분, 제가 진술할 수 있도록 허락해 주세요.
	지아비를 따르는 것이 옳지만 지금은 아닙니다.
	이아고, 난 집으로 절대 돌아가지 않겠어.

오셀로	오오! 오오! 오오!

에밀리아 그래. 쓰러져서 신음해 봐.

당신은 눈으로 세상을 본 사람들 가운데

가장 착하고 순수한 사람을 죽였으니.

오셀로 오오, 저년은 저속한 계집이었어!

그라시아노 숙부님, 저는 당신을 잘 알지 못합니다.

당신의 조카딸이 저기 누워 있군요.

진정 이 손으로 당신 조카의 숨을 멎게 했지요.

이런 짓이 소름끼치고 광폭하다는 사실을 저도 압니다.

그라시아노 가엾은 데스데모나! 네 아비가 돌아가셔서 다행이구나.

네가 맺은 가약은 그를 파멸해 버렸어.

비탄에만 잠겨 있다가

네 아비의 긴 명줄이 두 동강 나 버렸어.

혹여 살아서 이 광경을 보셨다면

극심하게 돌변하셨을지도 몰라.

그래 맞아. 그를 지키던 수호천사에게 저주를 퍼붓고

지옥에서 영원히 형벌을 받게 되었을지도 모르지.

오셀로 안됐군요. 허나 저 여인이 캐시오 녀석과

수천 번이고 수치스러운 일을 저질렀다는 사실을

이아고가 압니다. 캐시오도 자백했지요.

데스데모나도 자신의 정욕을 만족시켜 준 대가로

내가 처음으로 준 사랑의 맹세가 담긴 정표를

그놈에게 줘 버리고 말았지요.

녀석이 손에 들고 있는 걸 봤습니다.

그건 바로 손수건입니다.

저희 부친께서 어머니께 선물한 오래된 정표이지요.

에밀리아   오, 하느님! 오오, 전능하신 신이시여!

이아고   제기랄, 입 닥치래도.

에밀리아   진실은 밝혀지는 법. 밝혀지고말고. 입 닥치라고?

안 되지. 매서운 북풍처럼 거리낌 없이 말하겠어.

하늘이건 사람이건 악마건 그들 모두가

날 수치스럽게 한다 해도 말하고야 말겠어.

이아고   현명하게 굴어야지. 집으로 가라니까!

(이아고가 칼을 뽑는다.)

에밀리아   싫어.

그라시아노   부끄러운 줄 아시오! 여인에게 칼을 들이대다니!

에밀리아   아아 이 얼빠진 무어 자식! 당신이 말한 그 손수건은

내가 우연히 발견한 후에 남편에게 전해 준거야.

남편은 거듭거듭, 아주 집요하게

그런 사소한 물건에 도가 넘친다 싶을 정도로,

그 손수건을 훔쳐 달라고 조르고 또 졸라댔어.

이아고   이 고약하고 천한 여편네가!

에밀리아   마님이 캐시오에게 줬다고?

아니야, 하느님 맙소사. 내가 주웠어.

그리곤 남편에게 건네줬다고.

이아고   추잡하고 천한 년, 거짓말을 하다니!

에밀리아   하늘에 맹세코 거짓이 아닙니다. 아니에요, 신사님!

오오 덜떨어진 살인마! 어째서 저런 바보가

그토록 훌륭한 아내를 얻었을까?

(오셀로, 이아고를 향해 돌진한다. 이아고, 자기 아내를 찌른다.)

오셀로 하늘은 번개 대신 떨어뜨릴 만한

바위가 없단 말인가? 이 우라질 악마 자식!

그라시아노 여인이 쓰러졌다. 저자가 분명 자기 아내를 죽였소.

에밀리아 그래요, 그래. 아아, 저를 우리 마님 옆에 눕혀 주세요.

(이아고 퇴장)

그라시아노 그가 가 버렸소. 게다가 그의 아내는 살해당했소.

몬타노 사악하고 잔혹한 악당이군. 이 검을 받으시오.

무어 님으로부터 수거한 검이오.

어서, 밖에서 문을 지키시오. 이 문을 나가게 하느니

차라리 죽이시오. 나는 이아고를 쫓겠소.

빌어먹을 범죄자가 되었으니.

(몬타노와 그라시아노 퇴장)

오셀로 용기가 없어졌어.

작고 약하고 보잘 것 없는 자에게 내 검을 빼앗기다니.

진실한 마음보다 명예가 오래갈 필요는 없어.

모두 없어져 버려.

에밀리아 부르던 노래가 무얼 의미했나요, 마님?

들어 보세요, 제 말이 들리나요?

백조가 되어 노래하며 이승으로 가렵니다.

(노래한다)

버들, 버들, 버들을······.

무어인이여, 마님은 순결한 분이세요.

잔혹한 무어인, 당신을 사랑하셨어요.

진실을 말했으니 내 영혼에 은총이 깃들리라.

제 생각을 그대로 밝혔으니, 오 하느님, 저는 죽습니다.

(에밀리아, 죽는다.)

오셀로 이 방에는 검이 하나 더 있지.

스페인 검이야.

얼음처럼 차갑고 길고 뾰족한 실개천을 닮았지.

오오, 여기 있군. 숙부님, 나갑니다.

그라시아노 (안에서) 나오기만 해 봐, 엄청난 희생을 치르게 해 주겠다.

무기가 없으니 고통을 당하는 쪽은 너일 테니까.

오셀로 들어와서 날 보고 말씀 좀 나눠 주시오.

아니면 맨몸으로라도 당신을 해칠 것이오.

(그라시아노 등장)

그라시아노 무슨 일이냐?

오셀로 보시오. 내겐 무기가 있소.

군인의 가랑이에 달린 것들 중에

이보다 더 좋은 검은 없소.

이 시시한 팔뚝과 훌륭한 검으로

당신보다 수십 배도 더 무시무시한

훼방꾼들을 뚫으며 이날까지 살아남았소.

하지만 아아, 자랑 따위 모두 부질없소이다.

그 누가 운명을 지배할 수 있겠소?

이제는 돌이킬 수 없지요.

내 비록 검을 들었지만 두려워 마시오.

이제 내 여정은 끝났소. 여기가 끝이오.

내 항해의 목적지를 알려 주던 고지에 이르렀소.

겁이 나서 물러나는 게요? 부질없는 두려움이요.

이 오셀로의 가슴을 향해 달려들기만 해도

뒷걸음질 칠 테니. 이 오셀로는 어디로 가리요?

이제, 이제는 어떤 모습을 하고 있을까?

오오, 불운을 타고난 여인이여.

잠옷 빛깔처럼 창백해졌구려!

심판의 날에 그대를 만나면 당신의 창백한 얼굴이

내 영혼을 천국에서 지옥으로 내동댕이칠 테지.

마귀들은 내 영혼을 낚아챌 테고. 싸늘해진 내 여인이여.

그대가 지킨 정절처럼 차가워라.

아아, 빌어먹을 악마여! 나를 채찍질해 다오.

이 천상의 모습에 사로잡힌 나를 데려가라!

바람이 되어 나를 휘감아 유황에 태워 버려라.

가파른 협곡 아래 불바다로 휩쓸어 보내다오!

오오, 데스데모나! 데스데모나! 죽어버리다니!

오오! 오오오!

(로도비코, 몬타노, 들것에 실려 온 캐시오,

장교들에게 끌려온 죄수 이아고 등장)

로도비코	이 조급하고도 비참한 사람은 어디 있는가?
오셀로	한때 오셀로였던 그 사람. 바로 여기 있소.
로도비코	그 독사 같은 놈은 어디 있느냐?
	그 사악한 놈을 앞으로 데려와라.
오셀로	네 두 발이 악마처럼 생겼는지 궁금했지만
	그런 건 동화에나 나올 뿐.
	네놈이 악마라면 죽여도 죽지 않겠지.
	(이아고를 찌른다.)
로도비코	저 자의 검을 빼앗아라.
	(장교들이 오셀로의 검을 가져간다.)
이아고	피만 봤지 날 죽이진 못했구나.
오셀로	그리 섭섭하진 않구나. 살아남기를 바란다.
	내게 죽음은 곧 행복이니.
로도비코	오오 그대 오셀로,
	한때 당신은 참으로 훌륭한 사람이었는데
	이 빌어먹을 악마의 농간에 빠져 버렸구려.
	내 그대에게 뭐라 할 말이 없소.
오셀로	뭐든 말하시오.
	괜찮다면 날 명예로운 살인마라 부르시오.
	증오로 저지른 일은 없소. 모두 명예를 위해서 한 일이오.
로도비코	이 비열한 놈이 자신의 악행에 대해 일부 고백했소.
	당신과 이아고는 캐시오의 죽음을 공모했소?
오셀로	그렇소.
캐시오	친애하는 장군님,

전 그럴만한 싯을 한 석이 전혀 없습니다.

오셀로 그 말을 믿네. 날 용서해 주게.

부탁이네. 왜 내 영혼과 육체를 함정에 빠뜨렸는지

저 절반은 악마인 놈에게 물어봐 주겠나?

이아고 내게 아무것도 묻지 마시오.

당신이 아는 건 당신도 알잖소.

지금 이 순간부터 난 한 마디도 않겠소이다.

로도비코 아니, 기도조차 안할 참인가?

그라시아노 고문을 하면 입을 열겠지.

오셀로 부디 최선을 다해 주시오.

로도비코 장군, 벌어진 일들에 대해 모두 밝혀 주겠소.

아마도 당신은 몰랐던 것 같소.

여기 살해된 로더리고의 주머니에서 발견된 서신이 있소.

그리고 이 한 통 더 있소만. 한 통은 로더리고가

캐시오를 죽이는 일을 맡은 내용을 담고 있소.

오셀로 오, 이 사악한 놈!

캐시오 더없이 야만적이고 역겨운 놈!

로도비코 마찬가지로 그의 주머니에서 발견된 불만조로 쓴

또 한 통의 서신이 있소. 이 서신은 짐작컨대

로더리고가 이 망할 악당에게 전하려고 했던 것 같소.

하지만 그러려던 찰나에 이아고가 나타나서는

그의 불만을 덜어 주었소.

오셀로 오오, 이 사악한 악당!

캐시오, 내 아내가 들고 다니던 손수건은 어찌된 것이냐?

캐시오	제 방에서 주웠습니다.
	그리고 이아고가 방금 고백했는데
	특별히 자신이 의도했던 방향으로 일을 꾸미려고
	일부러 그곳에 떨어뜨려 놨다고 합니다.
오셀로	오오 어리석구나! 어리석어! 어찌 이리도 어리석었을까!
캐시오	게다가 로더리고의 서신에는
	보초를 서는 동안 저를 노하게 만들어
	파직을 유도하라고 지시한
	이아고를 비난한 내용도 있습니다.
	잠시 로더리고가 죽은 줄 알았지만
	방금 깨어나 자백했습니다.
	이아고가 그를 속이고 그 일을 하도록
	강하게 요구했다고요.
로도비코	(오셀로에게) 당신은 이 방에서 나와
	우리와 함께 가야 하오.
	그대는 권한과 명령권을 상실했으며
	대신 캐시오가 사이프러스를 통치할 것이오.
	이 악랄한 놈은
	몹시 고통스럽게 하면서도 목숨은 살려 두는
	노련하고 잔인한 방법만 있다면 그리 할 것이오.
	당신은 베니스 의회에 그 죄상이 전해질 때까지
	죄수로 수감될 것이오.
	자, 그를 끌어내라.
오셀로	진정하시오. 당신이 가기 전에 내 한두 마디만 하리다.

나는 베니스 의회에 도움을 꽤 주었습니다.

그들도 그건 아실 겁니다.

그에 대해서는 말을 아끼겠습니다.

하지만 청하건대, 서신에 이 불행한 일을 기록할 때

있는 그대로의 제 모습을 써 주십시오.

과장하거나 적의를 품은 채

그 어떤 일도 비하하진 말아 주십시오.

이렇게 기록해 주십시오.

지혜롭진 못하지만 지나친 사랑을 했고,

쉬이 질투에 사로잡히지 않는 대신

꼬임과 농간에 휘말려 광기에 이른 사람이라고.

또한 무지한 인도인처럼

부족이 소유한 땅보다 더 값비싼 진주를

제 손으로 멀리 던져 버린 사람이라고.

마음을 녹이는 감정에는 쉬이 사로잡히지 않았지만

효험이 있다는 아라비아 고무나무 수액만큼

눈물이 많은 사람이라고. 그렇게 기록한 뒤,

알레포 전장에서 터번을 쓴 터키 놈 하나가 적의에 차서

베니스인을 때리고 나라를 욕보이고 있을 때

내가 그 할례 받은 개자식의 목을 쥔 후

죽여 버렸노라고 기록해 주십시오. 이렇게 말입니다.

(자신을 찌른다.)

로도비코 오오, 피비린내 나는 종말이로구나!

그라시아노 전해 들은 모든 이야기가 흉측하도다.

오셀로   당신을 죽이기 전에 당신에게 키스했었지.

　　　　　내겐 오직 이 길 뿐이오.

　　　　　자결을 택하고 당신에게 키스하며 죽음을 맞겠소.

　　　　　(데스데모나에게 키스한 뒤, 죽는다.)

캐시오   장군님은 고결한 마음을 지닌 분이기에

　　　　　혹여 이런 일을 저지르지 않으실까 염려했지만

　　　　　무기가 없으리라 생각했소.

로도비코 (이아고에게) 오오, 피에 굶주린

　　　　　스파르타 사냥개 같으니라고.

　　　　　비통함과 굶주림, 바다보다 더 잔혹한 놈아.

　　　　　비극을 맞은 자들이 이 침대에 누워 있는 모습을 보아라.

　　　　　바로 네놈이 저지른 짓이다.

　　　　　저 물건이 내 눈을 더럽히는구나.

　　　　　치워 버려라. 그라시아노 경, 이 집을 지키고

　　　　　저 무어인의 재산을 몰수하십시오.

　　　　　모두 당신이 물려받게 될 터이니.

　　　　　총독, 이 빌어먹을 악마의 처벌은 당신 손에 맡깁니다.

　　　　　시간과 장소, 고문 방법을 결정한 후에

　　　　　부디 여지없이 이행해 주시오!

　　　　　나는 곧바로 승선한 후에 비통한 심정으로

　　　　　이 비극적인 일을 베니스 의회에 보고하겠소.

　　　　　(모두 퇴장)

이아고와 악의 진화

극이 끝나는 순간에도 사람들은 휘몰아치는 감정의 끈을 놓지 않은 채, 무대의 침묵과 암흑 속으로 떨리는 숨을 토해낸다. 이아고의 작전은 대부분 성공하고야 말았다. 감춰진 것이 모두 드러났지만 무슨 소용인가? '악'은 원하던 바를 모두 이뤘고, 무고하고 순수한 영혼들은 세상을 떠났다. '악'이 흩뿌린 피와 치명상과 죽음, 억울한 영혼들의 곡소리만 남았다. '악'은 어째서 이토록 영리하고 교묘하고 간편해서 쉬이 인간을 비극으로 이끄는가?

현대인들은 세상의 '악'이 유난히 풍년을 이루는 시대에 살고 있다. 그리고 올해는 그런 세상의 '악'이 이아고처럼 그 본색을 감추는 일에 엄청난 성과를 이룬 해가 아닌가 싶다. 죄의 진상 규명과 처벌이 이루어지는《오셀로》의 결말은 현실과는 동떨어져 보인다. 그러나 모두 죽고 나서야 처벌받은 이아고를 보면 극과 현실의 간극이 크지만은 않다. 극 안에서건 극 밖에서건 남은 것은 살인이요, 통곡

소리뿐이다. 악은 꼬리에 꼬리를 물고 스스로의 존재를 합리화하고 은폐하며 그 행렬을 이어간다. 많은 이들은, 반복되는 역사처럼, 또 한 번 이 섬뜩한 현실을 실감하고 통탄할 뿐이다.

'악'이란 무엇인가? 이 시대를 사는 이들이 유난히 제멋대로 정의 내리고 해석하는 개념이 아닌가 싶다. 어떤 이들은 악을 끊임없이 벗어나야 할 어둠이라 믿고, 어떤 이들은 인간 사회가 굴러가기 위한, 진화에 불가피한 선택이라 믿기도 한다. 이들은 때때로 선과 정의를 믿는 자들을 '순진한 족속 혹은 눈물 흘리는 낙오자'로 여기며, 치열한 삶과 성공을 위해서는 악의 문턱을 넘을 수밖에 없다고들 말한다. 이들에게 이아고의 살인극은 납득할만하고, 영리하고, 정당한 간계이다.

지난 400여 년 동안 관객과 비평가들은 《오셀로》에 대해 매우 다양한 반응을 보였다. 우리의 선조 관객과 비평가들은 때로는 지나치게 도덕적이고 종교적인 잣대로, 때로는 사실주의에 매몰되어, 때로는 인종차별처럼 사회문화적인 맥락에 기대어, 때로는 인간이 가진 비극의 기질을 논하며, 그 시대의 사상과 패러다임 속에서 《오셀로》를 새로 쓰곤 했다. 그렇다면 이 시대의 독자와 관객들은 어떨까? 나는 많은 현대인들이 이아고를 비난하기보다 그의 입장에 공감하거나 그를 변호하리라는 불길한 느낌을 떨칠 수 없다. 그렇다. 이아고의 살인극에 정당함을 찾으려는 이들의 노력은 불길하다. 온갖 해체주의와 탈구조주의, 끝을 알 수 없는 '악'에 대한 드넓은 이해가 난무한 21세기에 살고 있을지라도, 악은 '악'일뿐이다. 철저하고 부지런하고 영리한 그 무엇이 결국 누군가의 비극으로 이어진다면, 어떤 식으로든 높이 평가 받거나 동정 받을 이유가 없다.

그러나 다시 한 번 더 물어보자. 《오셀로》에서 셰익스피어가 그린 '악'의 정체는 무엇인가? 단, 악행의 동기보다는 '어떻게'라는 과정을 들여다보자. 선악의 이분법을 탈피해 도덕적 해이를 벗 삼아 사는 현대인에게 '이아고'는 무엇을 상징할까? 이아고가 서슴지 않고 벌인 악행의 동기와 계략에 동조하는 관객과 독자들은 정확히 '무엇'에 동조하는 것일까?

《오셀로》는 진급에 실패해서 속이 뒤틀린 이아고의 투정으로 시작된다. 부당인사, 이것이 그의 반감과 복수를 설명하는 객관적인 근거이다. 또한 "주군을 섬기는 척하면서 잇속도 차리고 부정하게 제 주머니도 채우고 자기도 치켜세우"는 부하가 이아고가 지향하는 인간상이다. 그러나 극 초반에서 이아고는 그저 오셀로의 연애에 "초를 치"거나 베니스 권력의 핵심인 브러밴쇼와의 관계에 찬물을 끼얹으려는 심술궂은 악동에 불과하다. 그의 계획에 살인은 없다. 그는 오직 순간순간 오셀로를 좌절케 할 기회만 엿볼 뿐이다.

극 초반부터 절정에 이르기까지 이러한 이아고의 본심을 아는 이는 관객(혹은 독자)와 로더리고 뿐이다. 이아고는 이 두 대상에게 오셀로에 대한 반감과 음모를 끊임없이 토해낸다. 관객은 모든 음모의 목격자가 된다. 그리고 이아고의 입담과 익살에 관객은 어느새 함께 웃고 즐기며 은연중에 그의 음모에 동조하게 된다.

이아고의 간계는 '보는 이'에게 곧 스릴 넘치는 오락거리가 되고, '보는 이'는 이아고의 음모에 몰입하며 '공범'이 된다. 여기서, 음모를 꾸미고 앞으로의 행보를 독백으로 쏟아내고 실행하는, 그리고 결국 순진하고 우매한 이들이 자신의 계획에 말려들고야 마는 모습을 볼 때마다 이아고는 전지전능함과 희열과 우월감을 느낀다. '영웅'이 된

듯 성취감에 젖어 든 이아고는 어렴풋한 심증만으로 오셀로와 에밀리아의 불륜이라는 명분까지 덧붙이면서 온 열의를 다해 음모의 시나리오를 써내려간다. 그러나 그의 간계가 데스데모나 살해까지 이어지리라고 그 누가 예측할 수 있었을까? 극 초반에 나타난 이아고는 '영악하고 짓궂은 놈'에 불과하지 않았던가?

극이 4막 1장으로 전환되면서 이아고는 음란한 입담으로 오셀로의 살의를 북돋운다. 데스데모나와 캐시오의 낯 뜨거운 행위는 오셀로의 머릿속에서 생생하게 펼쳐진다. 관객은 이 가벼운 외설에 휘파람을 보낼 것이다. "은밀하게 키스"를 나누고 "침대에서 벗고" "잤거나, 올라"타고 "입술을 비비는" 등 이아고는 '외설'을 연출한다. 그리고 목격자이자 공범인 관객들도 이아고가 선사한 퇴폐적인 미학에 흠뻑 젖어든다. "약발"을 받고 발작을 일으키는 오셀로, 이아고의 희열은 극에 달하고 관객도 그의 사악함에 뭐라 표현할 수 없는 신비로우면서도 사악한 즐거움에 빠져든다. 이 음모는 누가 봐도 황홀할 만큼 성공적이다. "아무 잘못이 없는데도" 마음만 먹으면 누구에게나 쉬이 "오명"을 씌울 수 있는 이아고에게 '조작'은 엄청난 권력인 것이다. 참말이든 거짓말이든 말 한마디로 세상 사람을 원하는 대로 뒤흔들 수 있는 권력의 맛, 탐욕에 찌든 이기적인 한 인간에게 이보다 더 달콤한 것이 어디에 있을까?

이아고가 '권력'의 무아지경에 빠져있는 동안 감추어야 할 비밀들도 눈덩이처럼 불어난다. 거짓이 거짓을 낳고 은폐가 또 다른 은폐를 낳으니 그 끝은 극단적일 수밖에 없다. 바로 살인이다. 그는 오셀로와 로더리고가 살인을 저지르도록 유도하는 한편, 자신도 살인을 저지른다. 그리고 급기야, 《오셀로》의 절정을 이루는 살인, 아무도 예기

치 못했던 이아고의 공개적이고 우발적인 살인이 일어나고야 만다. 자신의 음모를 밝히는 아내를 칼로 찌르고 만 것이다. 악행에 서서히 젖어들던 이아고가 순간 정신을 잃고 말았다. 영리하고 철두철미한 이아고의 악의 마술은 끝이 난다. 이아고의 입장에 동조하고 그를 변호하고픈 관객들의 마술쇼 관람도 끝이 났다. 그러나 우매하고 눈치없는 낙오자들의 유혈이 무대에 뿌려졌고 복수도 끝이 났으니 사악한 관객들의 한풀이, 복수의 유희, 희생양의 제의도 모두 끝난 셈이다. 이제 남은 건 살짝 뒤로 물러나 이아고를 심판하고 선인의 가면을 쓰는 일만이 남았다. 이로써 셰익스피어의 위대한 비극《오셀로》는 사적인 욕망을 현실에서 채우지 못해 복수심에 들끓는 관객들의 거대한 '오락'극으로 바뀌었다.

이처럼 악의 원동력은 선한 "민낯"으로 음모를 꾸미다가 부지불식간에 반감을 품은 자들의 뒤통수를 내려칠 수 있는 퇴폐적인 즐거움에서 비롯된다. 작은 악행이 잇따라 성공하면서 피어나는 쾌감은 또다른 명분 찾기와 과대망상증과 같은 자신감, 영웅심리, 달콤한 권력으로 진화하고, '악'은 서서히 그 몸집을 불린다. 관객은 이를 '악'이 아닌 예술과 미학으로 승화시킨다. 세상의 무엇이 이처럼 통쾌하게 복수를 꿈꾸는 이들의 욕망을 해소할 수 있을까?

나는《오셀로》의 이아고를 관찰하면서 지나친 도덕론에 빠지고 싶지 않았다. 그리고 한 인간 이아고가 그려낸 '악'을 심판하고 싶지도 않았다. 그러나 결말로 치달을 때쯤 서서히 밀려드는 생각은 어찌할 수 없는 것일까? 셰익스피어는《오셀로》를 통해 '악인' 자체보다는 '악'의 작용방식을 더욱 세밀하게 그리고 싶었으리라는 확신이 들었다. 친티오의《헤카토미티》원전이 셰익스피어를 거쳐 현대의 우리에게 《오셀로》라는 비극으로 깊이 각인될 수 있었던 것도 더욱 섬세하고 깊어진 '악'에 대한 해석 덕분이 아닌가 싶다. 셰익스피어는 결국 한 개인이나 집단이 자신들의 이익을 위해 어떤 행위도 정당하다고 여기게 되는, 그리고 악을 실현하기 위한 사소한 '조작'이 달콤한 권력이 되고, 살인이라는 비극으로 이어지는 과정을 이아고를 통해 촘촘하게 그리고 싶었던 것은 아닐까? 셰익스피어는 피범벅이 된 《오셀로》의 마지막 장면에서 악행에 대한 선고를 아주 짧고 두루뭉실하게 내리면서 펜을 놓았다. 작품 《오셀로》에 권선징악 따위의 이상주의를 새기고 싶진 않았던 것일까? 오히려 '악'이 인간의 현실과 더욱 가까이 맞닿아 있다고 말하려던 것은 아닐까?

셰익스피어의 비극을 번역하는 일은 쉽지 않았다. 그러나 무엇보다 가장 힘들었던 것은 셰익스피어가 숙제처럼 던진 '이아고'라는 인물과 '악'이 진화하는 과정을 풀어내는 일이었다. 악인을 단순히 '악인'으로 규정하지 않고, 악인으로부터 '악'을 떼어 내어 '악'이 악인을 조작하고, 악인이 조작을 탐닉하고, 타인을 통제하고 조종하는 권력에 심취해 '악'을 완성하는 일련의 과정을 읽어내는 일이 가장 어려웠다.

이는 작품을 번역하며 《오셀로》를 완전히 새로운 방식으로 받아들였기 때문일 것이다. 어린 시절과 청년 시절에 알았던 《오셀로》는 이제 온데간데없다. 그래서 독자에게 전하고 싶은 《오셀로》에 대한 갖가지 사유를 기록하고 또 기록하고 다시 써야 했다. 하지만 짤막한 글로 독자에게 뭔가 얘기해야 한다면 '악'에 대한 탐구가 이 시대를 사는 독자들에게 가장 적절할 것 같았다. '악'을 포스트모더니즘과 탐미주의의 테두리 안에서 정의내리고자 하는 이들에게 이 논의는 너무 편협하게 느껴질지도 모른다. 지난 세월 동안 여성주의의 숙제를 움켜쥐고 이데올로기적인 선악과 가부장제라는 이분법적인 논리에서 벗어나고자 누구보다도 발버둥 쳤던 나였다. 그런데 돌이켜 보면 그 시절은 '악'을 악하다고 하면 코웃음을 칠만큼, 희생자들을 정치적인 기회주의자로 몰아갈 만큼 세상이 흉측하진 않았다. 그러니 '악'을 모호하거나 지나치게 폭넓은 관점에서 논하는 일은 상식이 통하는 착한 시대에서 해도 좋을 듯 하다. 우리는 지금 '정치적인' 대량학살과 욕망의 과부화로 인간성이 위협받는 시대를 살아가고 있지 않은가?

몸도 마음도 유난히 추운 2014년 12월이다. 이 번역서가 세상의 빛을 보는 내년 즈음에는 이 혹독한 추위가 서서히 물러나고 있을 것이다. 하지만 우리의 마음에 드리워진 저 시커먼 구름은 언제쯤 걷히게 될까?

김민애

1564년 잉글랜드 중부에 위치한 스트랫퍼드 어폰 에이번(Stratford-upon-Avon)에서 아버지 존 셰익스피어(John Shakespeare)와 어머니 마리 아덴(Mary Arden) 사이에서 8남매 중 셋째, 장남으로 태어났다. 당시 셰익스피어의 가정은 비교적 유복해 풍요로운 소년 시절을 보냈다.

1575년 문법 학교에서 문법, 논리학, 수사학, 문학 등을 배웠다. 특히 성서와 더불어 오비디우스의 《변신》은 셰익스피어에게 상상력의 원천이 되었다.

1577년 가운이 기울어 학업을 중단했다.

1582년 여덟 살 연상인 앤 해서웨이(Anne Hathaway)와 결혼했다.

1583년 5월 첫아이 수잔나(Susanna)가 태어났다.

1585년	2월 이란성 쌍둥이 아들 햄닛(Hamnet)과 딸 주디스(Judity)가 태어났다. 1582년 이후 7∼8년간 고향을 떠나 떠돌아다녔는데, 이 기간 동안 그가 어디서 무엇을 했는지 명확한 기록으로는 남아 있지 않다.
1593년	장시 '비너스와 아도니스'를 발표했다.
1594년	장시 '루크리스'를 발표했다. '비너스와 아도니스' '루크리스' 이 두 편의 장시로 그는 시인으로서 명성을 확립했다. 런던 연극계를 양분하던 궁내부 장관 극단의 전속 극작가가 되었다.
1595년	《한여름 밤의 꿈》이라는 낭만 희극을 상연하여 호평을 받았다.
1596년	아들 햄닛이 사망했다.
1599년	궁내부 장관 극단이 템스 강 남쪽에 글로브 극장(Globe Theatre)을 신축했다.
1601년	아버지 존 셰익스피어가 사망했다.
1609년	《셰익스피어 소네트》를 출간했다.
1616년	4월 23일 사망했다. 고향의 홀리 트리니티(Holy Trinity) 교회에 안장되었다.

셰익스피어의 작품

셰익스피어는 희곡 37편, 장시 2편, 소네트(14행 시) 154편을 남겼다. 그중 그의 희곡 작품들은 상연 연대에 따라 4기로 구분된다.

- 제1기(1590~1594) : 습작기. 주로 사극과 희극 집필.

  1590~1591년 《헨리 6세 2부·3부》
  1591~1592년 《헨리 6세 1부》
  1592~1593년 《리처드 3세》《실수의 희극》
  1593~1594년 《타이터스·앤드로니커스》《말괄량이 길들이기》

- 제2기(1595~1600) : 성장기. 낭만 희극의 시기.

  1594~1595년 《베로나의 두 신사》《사랑의 헛수고》
  　　　　　　　《로미오와 줄리엣》
  1595~1596년 《리처드 2세》《한여름 밤의 꿈》
  1596~1597년 《존 왕》《베니스의 상인》
  1597~1598년 《헨리 4세 1부·2부》
  1598~1599년 《헛소동》《헨리 5세》
  1599~1600년 《율리우스 카이사르》《뜻대로 하세요》
  　　　　　　　《십이야(夜)》

- 제3기(1601~1608) : 원숙기. 비극의 시기.

  1600~1601년 《햄릿》《윈저의 즐거운 아낙네들》

  1601~1602년 《토로일러스와 크레시다》

  1602~1603년 《끝이 좋으면 다 좋아》

  1604~1605년 《자에는 자로》《오셀로》

  1605~1606년 《리어 왕》《맥베스》

  1606~1607년 《안토니와 클레오파트라》

  1607~1608년 《코리오레이너스》《아테네의 타이먼》

- 제4기(1609~1613) : 로맨스극(비희극)의 시기

  1608~1609년 《페리클리즈》

  1609~1610년 《심벨린》

  1610~1611년 《겨울 이야기》

  1611~1612년 《폭풍우》

  1612~1613년 《헨리 8세》

옮긴이 김민애

계명대에서 영문학을 공부하고 미국 버레아대에서 교환학생으로 드라마와 연극을 공부했다. 서
강대에서 영문학 석사를 마치고 연세대에서 박사과정으로 수학했으며 대학에서 강의했다. 이후
수능 콘텐츠 연구원으로 일하면서 교재를 기획하고 집필했다. 현재 꾸준히 번역 활동을 하고 있
으며, 전공 분야는 영미희곡과 여성문학이다.

오셀로

개정판 1쇄 펴낸 날 2020년 3월 25일
개정판 2쇄 펴낸 날 2021년 1월 10일

지 은 이   윌리엄 셰익스피어
옮 긴 이   김민애
펴 낸 이   장영재
펴 낸 곳   (주)미르북컴퍼니
자 회 사   더클래식
전   화   02)3141-4421
팩   스   02)3141-4428
등   록   2012년 3월 16일(제313-2012-81호)
주   소   서울시 마포구 성미산로32길 12, 2층 (우 03983)
E-mail   sanhonjinju@naver.com
카   페   cafe.naver.com/mirbookcompany

* (주)미르북컴퍼니는 독자 여러분의 의견에 항상 귀 기울이고 있습니다.
* 파본은 책을 구입하신 서점에서 교환해 드립니다.

더클래식
—
세계문학
컬렉션

*더클래식 세계문학 컬렉션은 계속 출간될 예정입니다.